文芸社セレクション

老境ちるちる

桐生 久

KIRYU Hisashi

文芸社

目次

1

浦野友一

――帰省――

名古屋から乗り換えた私鉄在来線。横並びのシートではなく2人用のシートが並んだ車両が止まった。午前10時という時間帯の乗客は1車両に10人いるかいないか。不織布、ウレタン、布とさまざまな素材のマスクが見受けられるが、アベノマスクは1人もいない。窓の景色を見ていると、生まれて育った場所へ向かうという気持ちが心の底に落ち着くような気がした。名古屋という大きな駅から遠ざかるほど、見慣れたはずの景色に違和感を覚える。停車するたびに「これは何という駅?」とホームを見回す。高架化した駅から街並みを伺うことはできない。駅名の看板をさがす。あの頃、うたた寝から覚めても駅の雰囲気やホームの向こうの景色からその駅を推し量ることができた。

がたごとという音と背中に伝わってくるガタゴトが微妙にずれている。3年間通学した電車。もう50年以上も昔、どんなことを考えながらこの窓の外を見ていたのか。記憶の断片もない。がたごととガタゴトのずれを感じると、今から実家に帰る、自分の根っこに戻る、という気持ちに活が入る。

夕べ、風呂上がりの缶ビールを飲み干したとき、家電《いえでん》が鳴った。この頃の通信はラインメールがほとんどで、たまにライン の音声通話、ごくまれにケータイ電話の通話になっている。家電《いえでん》が鳴るのはとりすました声の営業目的の電話が多い。

ケータイが普及してから、家電《いえでん》を使うことが極端に減った。あたりまえだが、家の電話は誰が誰にかけてきたのか、わからない。それぞれの親から連絡が入った場合、家電《いえでん》なら電話口に出た娘婿や嫁に愛想笑いをしながらもお追従のひとつも口にするだろう。それがせめてものつきあいというものであったのかも知れない。田舎で暮らす老いた親のことを話題にすることが減っていた。妻には妻のケータイ、夫には夫のケータイ。妻の身内は妻だけに、夫の身内は夫だけに連絡ができる。夫婦というそれぞれの身内のことはそれぞれの問題になっている。

お互いの実家は住んでいる家から車でも電車でも4、5時間程度の距離だった。伊豆半島の真ん中あたりから山梨と愛知は方向がまるで違っている。妻佳子の母親が脳梗塞で倒れた夏、さすがに夫である自分にも報告はあった。

「一緒に行こうか」と声をかけたが「まだ大丈夫だと思う。何かあったら、また連絡するから」という妻の言葉に従った。実家に夫を連れて行くという煩わしさを避けたのだと、思った。

年が明けた1月、二度目の発作で実家に帰ってから、佳子からの連絡はラインメールが多くなった。メールを打つ面倒くささと、音声電話をする煩わしさとを天秤にかけて、佳子は面倒くささを選んだのだ。

生活の主体は実家、たまに夫がひとりで待つ家へ帰るという生活形態も1年近くになる。その生活に慣れ、年が明けたら突然のコロナ騒動。中国でのことだと思っていたら豪華客船の騒動が毎日報道されるテレビニュースにくぎ付けになった。ゴールデンウイーク前、「STAY　HOME」という東京都知事の呼びかけに、佳子はしばらく実家にとどまることになった。結果として佳子は夫のいる家よりも母親のいる実家を「STAY　HOME」のHOMEに選んだ、ということになった。コロナが少しだけ落ち着いたかに見えた秋に帰ってきた。そのとき、ふたりで妻の実家に住むことを暗に提案されたような気がした。が、曖昧にやり過ごした。自分にも実家にひとりで「STAY　HOME」している88歳の母親がいる。もう3年近く会っていない。もし、母親に何かあったら、自分が動くしかない、という覚悟はいつも心の底にへばりついていた。

ゆうべの家電《いえでん》。家電《いえでん》のほとんどがセールスまがいであるから出ることにもためらいはあったが、しぶしぶ受話器を取った。

「東野市立病院です」という音声に、来るべき時が来た、と身構えた。母親が救急車で運ばれたという。大腿骨骨折のため手術が必要となり、連絡をしたという。今の症状と今後の治療方針、これからのことの丁寧な説明にただ頭を下げるしかなかった。転倒が屋内でなく、庭先だったために郵便配達の人に見つけられたという運の良さに心が熱くなった。

STAY　HOME中の佳子にライン音声電話をかけた。

「どうしたの」という声に、こんなことでもなければ妻の声を聞くこともなかったのか、という思いが頭をよぎった。市立病院からの電話の内容を伝えた。一瞬の沈黙の後、「ごめんね」という佳子の言葉に返事を忘れた。

「明日、行くのね」

「ああ」

「車は止した方がいいわ」

意外な言葉だった。

「だって、心が動揺しているときの運転は危ないわ。ひとりだし」

佳子の言う通りかもしれない。

「車がないと向こうに行ってから、身動きがとれない」

「タクシーとか、くるくるバスみたいなのがあるでしょ。とにかく、車は止して。こんなとき事故でも起こしたら、どうにもならないから。若いわけじゃないから」

定年退職してから佳子の口から出るようになった「若いわけじゃないから」元々車の運転が好きな方ではない。便利な道具として乗っているだけだ。

「わかった。電車で行くよ」

「向こうに行って、もっとわかったら、連絡して。気をつけてね」

「ああ」

そのまま切れそうになったスマホから妻の声がまた聞こえた。

「出かけるとき、生ゴミの処理と戸締まりはお願いね」

ひとり暮らしが1年以上経つ夫への家事の指示に「わかった」とだけ応える。その瞬間の感情を悟られないことが夫婦の軋轢をつくらないコツかも知れない。

そのまま佳子の声は消えた。

配偶者の親が倒れたというときの夫婦の会話がこんなにあっけなく終わるものか。

直後に佳子からメールが入った。

—ごめんね。こんなとき役に立てなくて。お義母さんによろしく—

文字の最後に赤いハートマークのスタンプ。メールのやり取りの中でのスタンプの効用に感心しながらこちらも「大丈夫」という意味合いのスタンプを送る。

30秒とかからずに、時刻表アプリは母親が入院したという病院までの最速のアクセスを表示する。明朝、最寄りの駅を6時38分に乗れば、昼前には到着するらしい。駅からタクシーを使えばもう少し早くなる。あるだけの下着と着替えを詰めた鞄と持ち合わせていた全部の現金とカード。後はスマホさえあれば何とかなるだろう。冬至前の朝は遅い。6時前の町並みは真っ暗だ。3年以上も顔を見ていない母親への贖罪のような気持ちとあっけない妻とのやり取りが頭に浮かぶ。闇に吸い込まれていく白い息を追いかけるように、駅までの道を歩いた。

育った街への私鉄在来線の振動を体が思い出す。自宅までの最寄りの駅よりもひとつ向こうの駅まで行くことを時刻表アプリは表示していた。病院行きのバスは最寄りの「にしひがしの」駅を通らないからだ。東野市いちばん大きな駅「ひがしの」の駅からタクシーで行くつもりだった。駅に着いてから1時間以上も待たされる時間を含めて時刻表アプリは計算している。

病院の玄関前でタクシーを降りたのは12時前だった。玄関先に白衣の女性と男性が門番のように立っている。

「こちらで消毒をお願いします」という指示に従い、ガラス戸を抜けると、２メートルほど先にナースらしい制服の女性が立っていた。

「検温をお願いします」という笑顔に右側に設置された体温計測機の正面に向かう。

「温度は正常です」という音声に病院への入場が許された。

総合受付で事情を説明する。

「しばらくお待ちください」

院内電話をかける受付の女性に小さく頭を下げる。向こうからの指示に素直に応じている女性の声の抑揚が気にかかる。

「お待たせしました。ただいま担当医が参りますので、あちらの窓際の椅子に腰掛けてお待ちください」

指示された場所には２人がけ用の椅子がテーブルを挟んで２つ設置されていた。その向こう側の椅子で待てということだった。テーブルの上には感染防止用パネル。

母親の部屋が何号室かも知らないから、ここで待つしかない。コロナで不要不急の通院は減ったらしい。が、不要不急な病気というものはどんなものか。幸いなことに自分に不要不急の病気はない。

通院患者の減少がニュースになっている。昼前の病院の人の多さを感心して眺めていたら、名前を呼ばれた。

「お待たせしました。浦野ふみさまのご家族の方ですか」

「はい、息子のうらのゆういちと言います」

「担当医の浅野安奈です。夕べは電話で失礼しました。失礼ですが、お母様の生年月日、覚えていらっしゃいますか」

突然母親の生年月日？。

「昭和9年の7月の確か、8日だったと思います」

「ありがとうございます。念のための確認です」

母親の生年月日を忘れている息子は少なくはないだろうと思いながら、彼女のネームプレートを確認した。この頃の医師はいわゆる白衣を着ない。昔の海外ドラマ「ベンケーシー」が着ていた手術着が医師の制服のようになっている。後ろでひとくくりにまとめた長い髪は生毛特有のつやがある。大きめのマスクの上の黒い瞳が聡明さを感じさせる。女医だから優秀、聡明という先入観かも知れない。が、安奈というキラキラネームが付けられる年代の女性がもう社会人になっている。

昨日、電話で受けた内容とかぶらない程度の説明を受けた。

「手術は今日の4時を予定しています。ご家族の方の同意のサインをお願いします」

目の前に提示された書類を斜め読みにして、浅野医師から渡されたボールペンで名前を書きながら聞いた。

「手術前に母に会えますか?」

受け取った書類を確認していた浅野医師がこちらを向く。

「申し訳ありません。コロナの関係で面会はご遠慮いただいています。手術中は家族の待機ルームでお待ちいただくことになります。手術が終わりリカバリールームへ向かうときにはお顔が見えるようにはしますので」

「手術はどのくらいかかりますか」

「2時間かもう少しかかるかも知れません。6時半ごろには終わります。連絡があったら廊下に出てください。その時にお顔は確認できると思います」

安奈医師は軽く頭を下げて書類を手に足早に去った。

総合受付の壁掛け時計は12時15分。手術が始まるまで約3時間。荷物を置きにいったん家へ帰ろうか。それともこのまま院内で時間をつぶすか。

妹はこの病院で亡くなった。というよりも死が確認されたというべきか。突然だったため、自分がこちらへ来た時には妹は遺体となって家に帰っていた。その3年後、父がこの病院で亡くなった。

何度目かの入院で、もう危ないと言われ、帰省した。疲れ切っている母親を家に帰して、その夜は父親に付き添うことにした。明け方の急変に母を呼んだが、間に合わなかった。先生の「6時11分」という声を自分の中に受け入れた時、ふと見上げた。窓の外はうっすら明るみ始め、広い駐車場と道路の間の桜並木に陽が射しかかっていた。白い明るさがゆっくり闇を消していく。葉を落とした木々の枝先に白い光が宿っていた。

母が妹の夫の伊東孝彦と病室へ走り込んできた。長い間ひとりで奮闘させてしまったのに、臨終に立ち会わせてあげられなかったことが自分の責任のように感じられた。

エンジェルケアを終えた父親を自分の車に乗せて帰ることにした。葬儀屋の車で「遺体を運ぶ」のではなく、父を家に連れて帰りたかった。安置室の出入り口横に止めた車の助手席に乗せるために父を抱きあげた。その軽さにがん闘病の末の死というものの事実を受け止めた。まだ温かい父の薄い体をリクライニングのシートに乗せると母親がハーフの毛布をかけた。赤い地に黄色い花を摸したようなサイケデリック調の毛布だった。助手席のリクライニングで横たわる父親、母は運転席の後ろに座った。

そういう位置で3人で車に乗るのは最初で最後だった。

迷ったあげく、いったん家に帰ることにした。玄関前に待機しているタクシーに住所を告げた。女性運転手がセットしたナビの地図を指さして「このあたりですね」と言われ、あらためて生まれて18歳まで過ごした町並みの地図を確認する。ほぼ3年ぶりの実家。父が亡くなり、ひととおりの儀礼を終えて帰る時、母親から渡された鍵を確認する。なぜか、そのことを妻に話すことができていない。それぞれの親はそれぞれで対処する。そんなことが暗黙の了解になっているということか。

タクシーを降りる。道沿いのアルミの門扉は開いていた。救急車で運ばれる時、誰かが鍵をかけてくれたのか、いつも開いていたのか。玄関は施錠されていた。大けがはしたが意識はしっかりしていたらしい母が救急隊員に施錠を頼んだのかもしれない。固くなった鍵を二度三度回すとようやく開いて、戸を開ける。救急車が入ってそのままだから、ある程度は覚悟していた。玄関内の新聞や広告の山。とりあえずは紐でくくられているが、今にもほどけてしまいそうな縛り方だ。廊下の右側が居間と台所になっている。8畳の居間の真ん中の炬燵の電源が気になる。救急隊員のはからいか、炬燵のコンセントは抜かれている。炬燵の上には湯呑、急須、牛乳パックで作ったぺン立てにはあらゆる筆記用具や耳かき、ハサミが突っ立っている。刃の出たままのカッターナイフと予定の書かれた月めくりの暦も転がっている。通院の予定以外にも何かが書き込まれている。テレビの上の壁にカレンダーの裏を利用した白い紙に太マジックで書かれた大きな文字。「息子友一の連絡先」の文字が特に大きい。住所と自宅の電話番号もどっしりした文字だが、文字の線が微妙にゆらいでいる。

自分の身に何か起きた時、連絡するならここ、という母の思いが込められている。妻の実家にもそのような紙が壁に貼ってあったと聞いている。頼りにしたい子供と離れて暮らす老いた親の最後の砦。血を分けた娘や息子の連絡先を大きな文字で書いて、誰にでもわかるように壁に貼る。おそらく救急隊員はこの張り紙に書かれた連絡先を病院の先生に連絡したのだろう。ケータイやスマホの住所録よりも何よりの情報となったはずだ。

居間の向こうのキッチン。祖父母のいる6人家族だった頃から使っている広いテーブルはほとんど物置き台になっている。スーパーの袋が3つ4つ。生鮮食品以外の物が買ったままの状態でそこにある。十畳という広さのキッチンの床は足の踏み場がないほど物で埋まっている。まず目につくのが箱買いしたらしいインスタントみそ汁やスープの箱。それが山積みになっている。一度に買ったというよりも何度かに分けて似たようなものを注文したらしい。来た順番に上へ積み上げたのか、下積みの箱はかなり古い。箱を開けた形跡のないものもある。カップうどんの容器、何十という数の豆腐の容器、ペットボトルなどが一応分類されて詰められた袋が床に転がっている。コンセントの抜かれた炊飯器にはご飯が残っている。冬だからか、饐えた匂いはしない。冷蔵庫のドアに貼られたゴミ収集カレンダーを確認する。明日の木曜日が燃えるゴミの収集日らしい。とりあえず、生ゴミと床に転がったスーパーの袋を片付けなければ、と覚悟する。

ほぼ物置台となったテーブルの端っこの丸盆。いつも使っているらしい茶碗、お椀、小さな皿や小鉢がお盆に伏せられている。醤油さしや胡椒などの調味料の瓶、ふりかけも転がっている。それらを覆い隠すように燃えるゴミや燃えないゴミの袋が3枚4枚と散乱している。食器棚には昔使っていた多種多様な食器がぎっしり、並んでいるが使っている形跡はない。

とりあえず、ゴミらしきものをすべて袋に詰めていくと、袋がなくなった。食器棚の引き出しに買い置きがあるような気もしたが、探すよりもコンビニあたりで購入した方が手っ取り早い。燃えるゴミの袋を外に出そうと玄関前に立つとすりガラス越しに人の影が見えた。

「ごめんなさい。隣の井戸田です」

相手を驚かさないようにそっと引き戸を開けた。

「息子さん？　ゆ・う・い・ち・さんですか」

60にはまだ手が届いていないような女性だった。隣の人なのに誰だかわからない。

「わたし、隣の井戸田健介の息子の健太郎の嫁です」

思い出した。井戸田健介さんは知っている。父よりもいくらか若かった。その息子の健太郎は妹の由美子と同学年だった。

「あの健太郎君の奥さんですか。いつも母が」

言いかけて、お世話になっているお礼を言おうか、迷惑をかけていると詫びるべきか、迷いながら「迷惑かけています」と言っていた。

「この度もいろいろと、ご迷惑おかけして」

「いいえ、そんなことないですよ。おばさんひとりでがんばってたから」

「今回、救急車を呼んでもらったのは……」

「いえいえ、うちではないですよ。由美ちゃんのご主人さんの伊東さん」

伊東孝彦が救急車を呼んでくれた。なぜ直接電話をしてくれなかったのか。

「おばさんね、このあたりで転んじゃったみたいで、動けなくなってたの。たぶん2

時間くらい後に、郵便局の人が見つけて、うちに連絡してくれたんです。ここに転んだままの状態でだいぶ痛がってらして。郵便局の人はまだ仕事があるだろうととりあえず、わたしが何とかしますって、仕事に戻ってもらったんです。とにかく痛そうで、すぐに救急車呼びましょうと言ったら、その前に孝彦さんに電話してほしいって。家の中のケータイをわたしが取りに行って、そのケータイでおばさんが孝彦さんに連絡したんです。それから孝彦さんから救急車を呼んでもらって、孝彦さんよりも救急車の方が早く来てしまって、そのまま病院へ運ばれたんです。その前におばさんから鍵を預かったんです。で、とにかく火事にならないように火の元となるような電源は全部切ったつもりなんですけど」

「ありがとうございます。ぼくは夕べ病院から電話をもらって、今朝一番の電車で来て病院へ行ったんですが、コロナの中でまだ面会もできてないんです。今日4時から手術なんです。時間があるから、今ここへ来たんですが。中があんまりなことになっていて、ちょっとだけ片付けて。もう少ししたら病院へ行こうかと。本当にありがとうございました」

両膝に手をかけてできる限り頭を下げた。頭を下げるなんてこと、営業を長く続けてきた者の特技かも知れない。

「伊東さんにはまだお会いしてないの？」と、聞かれて、はたと思った。救急車の手配までしたのなら、孝彦君から自分に連絡をしてくれてもよさそうなはずなのに。

「まだ、会ってないです」

不審げな表情にこちらの心もざわつく。妹が亡くなってから、まあ他人と言えば他人だが、母は結構頼りにしているようであった。

「由美ちゃんが亡くなってからも、たまに来てらっしゃったみたいですよ。婿がね、と孝彦さんの手土産をいただいたりしてました、ごちそうさまでした」

「いえいえ」

孝彦は隣の市の役所に勤めている。高校の同級生同士の結婚だ。由美子が亡くなってから、高校生だった娘の真由美が結婚するまで再婚はしないと決めているらしいと、母親から聞いたことを思い出した。看護師になったという真由美ももう30歳か。結婚するとかしたという話は聞いていない。孝彦の再婚の話も聞いていない。

妻が亡くなって十数年過ぎるというのに、一人暮らしの義母を気遣ってくれている。そんなに律儀な孝彦が今回のことで自分に連絡してこない。なぜ？

仕事中とは思ったが、メールを打つことにした。

—昨日はいろいろ世話になり、ありがとうございました。今日4時から手術となりました。また連絡します——

　すぐに返信はなかった。

　結局、井戸田さんからゴミ袋を分けてもらった。10以上の袋に詰めたものを玄関からアルミの門扉の間に置く。明日の朝、指定の場所まで運ぼうと思ってから、指定の場所を知らないことに気がついた。井戸田さんのチャイムを鳴らすことになった。

「持って行かなくても、門の前に置いておけば、集めていってくれますよ。おばさんはひとり暮らしの後期高齢者だから」

「そんなサービスがあるんですか」

「75歳以上の高齢者世帯のゴミは外に出しておけば回収してくれるはずです」

「分別《ぶんべつ》は？」

「たぶん、袋を別にしておけばいいような。おばさんもいろんな袋に詰めて出されてたみたいだから」

　深々と頭を下げながら閉めかけた玄関ドアに手をかけた。

「新聞なんかは新聞店が月に一度、新聞と広告を回収してくれるので」

　そんなサービスは初耳だった。

「新聞と広告を紐でくくって外に出しておけばいいんです。毎月、第2日曜日です」

「それは、ありがたいサービスですね。またいろいろと教えてください」

家に戻るともう3時。手術は4時からだと聞いている。

タクシーで病院に着くと3時半を回っていた。あの若い女医先生に指定された待合ルームへ急いだ。すでに伊東孝彦の姿があった。

「義兄さん」と立ち上がった。まだ現役の孝彦はスーツ姿だ。仕事の途中に様子を見に来てくれたのだ。

「やあ、どうも。今回は世話になっちゃったようで」

そんないきさつをどこで聞いたかという怪訝な表情にあえて明るく答えた。

「ゴミの処理をしていて、隣の井戸田さんから」

「ああ」と納得しながら、彼からの説明はない。

「救急車呼んでくれたのは孝彦君だってね。ありがとう」

「いや、電話をもらって、僕が見に行っても役に立つ訳じゃないし。少しでも早く病院へ運んだ方がいいと思って。僕は直接ここへ来たんだけど、なんて言うか、僕はお義母さんからしたら他人なんですよ。死んだ妻の母親です、と言っても、手術の承諾書にサインはできないんです。せめて真由美でもいれば孫になるわけだからよかったかもしれませんが、真由美は今こちらにいないので。それで先生の方から義兄さんに連絡して欲しいとお願いしたんです。又聞きになり、どんな誤解があってもいけないから」

やっと腑に落ちた。

緊急手術が入ったため手術が遅れると連絡を受けた。ここで2人で待っている必要は全くない。孝彦には帰るように促した。

「手術が終わったら連絡ください」

恐縮する孝彦を玄関まで送ったついでに院内のコンビニでカレーパン二つとコーヒーを買った。缶ビールでも飲みたい気分だったが、病院のコンビニにはアルコール類があるはずもない。ビールが飲めないとわかったら、甘いものが欲しくてアイスクリームを買った。80代後半の母親の手術を待つ65歳の息子が1人で待つ間に食べるアイスクリームは信じられないほどうまかった。とろけるように喉を滑り落ちていく甘さに今日一日のできごとが胃の底に落ち、溜まった疲れが強力な胃液にとかされていくような気がした。

腕時計でちょうど8時だと確認した時、あたりがざわついた。

「浦野ふみさんのご家族の方ですか。終わりました。今からお部屋に行きますので、廊下で待っていてください」

看護師の指示どおり廊下に出ると、母親と思われる体を乗せたストレッチャーがやってきた。

「浦野ふみさん、息子さんですよ」

看護師の声に反応を示さない母親を覗き込んだ。ストレッチャーに横たわる頭が少しだけ動いた。3年ぶりに見る母親の姿に愕然とした。これが自分の母親？　老けたとかやつれたという段階ではない。衰弱しきった顔に記憶にある母親の面影はまったくない。看護師に言われなければストレッチャーで運ばれていく死にそうなおばあさんと素通りしていったにちがいない。その顔に声をかけた。

「友一だよ。わかる？」

「ゆ・う・い・ち？　ゆういち？」

名前を聞いて、しばらくしてその名前が自分の息子だとわかったらしい。

「ゆういちね、友一、ああ、来てくれたの」

渇ききった喉から絞り出すような声に近づこうとしたら、ストレッチャーはそのまま通り過ぎて行った。

「お待たせしました。お疲れさまです」

頭を下げてストレッチャーと一緒に過ぎ去る看護師を見送っていると、背中から男性の野太い声にふり向いた。手術用の大きなマスクに隠された顔から判断する年齢は40代後半か。

こちらはここで座っていただけなのに、手術をした医師からいたわられていることに妙な違和感を覚えながら、頭を下げた。

「順調に手術は終わりました。お母様の骨は年齢の割にはしっかりしていたので、回復も順調に進むと思いますよ。本来ならリハビリまで入院していただくのですが、この時期ですので、早めにお帰りいただくことになると思います。細かいことは看護師より説明があると思います。今日はご苦労様でした」

この中年の男性医師が手術をしたらしい。昼に説明を受けた浅野安奈という女医は補助だったのか。あの若い女医の「手術が終わったら顔を見ることはできると思います」という言葉の意味は確かに正確なものだった。廊下を通り過ぎていく母の顔を見ることはできた。

救急患者用の出入り口を出て表玄関に回り、玄関前で待機しているタクシーを見つけてほっとした。立ち止まってマスクを外す。冷たい空気を思いっきり吸う。マスク越しでない空気のありがたさ。二度三度深呼吸をしながら歩いた。タクシーに近づいてマスクをかけるとコロナの日常が戻る。目の前でさっと開いたドア。住所を伝え、途中コンビニに立ち寄るように頼んだ。

「コロナでお客さんとの会話は最小限にと言われていますが、コンビニで晩ごはんの買い出しですか」

「そうです。わたしも今日は人と話らしい話は初めてです。お互いにマスクもしてるし、こうした会話はありがたいです」

「家に帰るとおひとりですか」

運転手のマスクにくぐもった声に、小さく頷く。

「お腹は？」

「ぺこぺこです」

「じゃ、コンビニじゃなく、テイクアウトのお店にでも寄りましょうか」

今朝から食事らしい食事はしていない。この疲労感は空腹のせいでもあるのだろう。

「願ってもないです。いいところがあれば」

「何がいいですか？　お寿司とか、中華とか、お好み焼き屋もまだやってると思います。この頃はうどんもテイクアウトにしてくれますよ」

メニューが浮かぶと腹の虫がぐうぐう鳴き始めたような気がした。

「中華でお願いします」

「了解です。ご希望が決まれば電話しておきますよ」

気のきく運転手の名前を見た。「高木雄介・62歳」。自分より3歳若い。

「じゃ、餃子と中華飯」

「この頃のお店はテイクアウト用に缶ビールもおいてますよ」

「それはありがたい。ロング缶2本、お願いします」

「了解」

電話で、相手方に注文をする。注文が終わると「20分ほどかかります。お勘定は2150円ですね」と女性の声が聞こえた。

「助かりました」

師走と言えど、9時に近い人口20万人の田舎町の通りの車は多くはない。

「このコロナで世間も変わりましたねえ。テイクアウト、お持ち帰りって大流行ですけどちょっと前までは出前とか言って、電話一本で家まで届けてもらえるのがあたりまえだったのに。この頃はウーバー何とかって、出前専門の仕事も出てきて。こんな田舎までウーバーさんも来てないですけど、そのうちに来ますよね。運び賃というのはどのくらいとられるんでしょうかねえ」

「さあ？　ここでも、もう出前はありませんか？　昔、わたしが子供の頃は寿司なんかは出前、って感じでしたけどねえ。子供が生まれた頃から、くるくる寿司なんかが出て出前を取ることは減りましたねえ」

「そうなんですよ。寿司屋は寿司桶を風呂敷に包んで持ってきてくれて、ラーメンや丼もんの入ったおかもちが家に届くと嬉しかったですよねえ」

自分は子育ての頃の話をしているのに、運転手は自分が子供の頃の話をしている。かみ合っているのかいないのか、ちぐはぐな会話が楽しい。

「お客さんはこちらの方？」

「そうです。18までこちら。それからは」

全国を転々とした転勤族ですよ、という言葉を飲みこんだ。

「じゃ、東京のいい大学を出て、エリートまっしぐらですか」

「いや、そんなんじゃないですよ。こちらへ帰るだけの甲斐性がなかっただけで」

「今日は親御さんの見舞いですか。この頃は見舞いもさせてもらえないから、手術かなんかですか」

対向車のヘッドライトが運転手の顔を照らし出す。運転席と後部席の間の感染防止用シート越しにゆがんで見える顔に「わかりますか」と答える。

「病院から実家でしょ。普通なら大きなスーパーの近くの何とかと言われるお客さんが多いですが、住所を言われた。そしてテイクアウトの料理とビール。飲めるのに家にビールはない。家はあるらしいが、いつもいる家ではない。

「お見込みの通り、というのですね。ひとり暮らしの母親が転倒、骨折、手術に立ち会うために急きょ駆けつけた親不孝な息子です」

「で、手術はうまくいったんですか」

「おかげさまで、順調に終わったらしいです」

「それはよかった。でも、こんなご時世、面会禁止でしょ」

「そうなんです」

「退院されてからがご苦労ですね」

運転手の言葉に背中を冷たいものが走った。

中華料理店の前で「どうぞ、お待ちしてますから」と言われて、車を降りた。12月半ばの夜気が頬に心地よい。こぢんまりした中華料理店の看板はかなり古い。「萬珍軒」という店は知らない。この町を出て50年近くになる。自分がこの町を出てから創業したお店でも老舗風のたたずまいになっているだろう。

暖簾をくぐると60代と思われる女性の「いらっしゃいませ」という声に名前を告げながら２１５０円を出した。使い込んだ白いエプロン、三角巾をつけた女性から料理と缶ビール、二つの袋を渡された。缶ビールは断熱効果のあるプチプチのビニールが巻かれている。お持ち帰りのお客用に用意されているのだろう。このプチプチのビニールの名前を考えていたら「お仕事、遅くまでお疲れ様」と言われ「はあ」と恐縮する。中華特有の匂いが空腹にこたえる。

　車に戻ると運転手が振り返って言う。

「ここのはうまいんですよ。何の飾りもあるわけじゃなく、夫婦だけでもう、50年近いんじゃないですか。味ひとすじの店ですよ。この頃はみんなチェーン店でしょ。こういうお店、大事にしなきゃ」

「帰ってからが楽しみです」

　萬珍軒という店から家までは7、8分という近さだった。

「今日は、こんなテイクアウトのお店まで紹介してもらって、ありがとうございました。このコロナの時ですが、話ができてうれしかったです」

「また何かご用命があったら」と名刺を差し出された。いつまでこちらにいるかわからないが、タクシーを利用することはありえそうだ。

「この名前を告げればいいんですか」と確認する。

「そうしてもらえれば。じゃ、またよろしく」とタクシーは静かに走り始めた。

鍵を開けて真っ暗な玄関に入る。左の壁の照明スイッチを入れる。明るさにほっと気持ちが安らぐ。框を上がった右側に居間のスイッチ。蛍光灯の明るさが部屋中に広がる。20年ほど前に水回りを改装しているが、間取りに変更はない。勝手はわかるのだが、他所の家に来たような居心地の悪さは散らかし放題のせいかも知れない。昼に少しだけ片付けたが、居間の炬燵のテーブルの上はあまりに雑然としている。テーブルの端に買ってきたものを置くと、部屋の寒さに体がぶるりと震えた。エアコンと炬燵のスイッチを入れる。実家に帰った安ど感というものはない。

部屋が温まるのに時間はかからなかった。羽毛のコートを脱いで、炬燵に入る。まずはビールのプルトップを開ける。一口飲むとやっと自分に戻れたような気がした。餃子の焼き具合がちょうどいい。外はぱりぱり、肉汁の旨さがビールと口の中で溶け合う。五臓六腑にしみわたる、というのはこのことを言うのか。コンビニの弁当やおかずではこの満足感はなかっただろう。高木運転手の機転に感謝するしかない。

スマホが鳴っている。この音はラインか、電話かそれともニュースかと考えたが、目があかない。背中の寝汗に炬燵から足を出す。手探りで探したスマホを手にすると音は止んだ。真っ暗な部屋でスマホだけが光っている。時間は6時13分。息子の和哉からいくつものメールが届いていた。返信のなさに音声電話をかけてきたのか。和哉と電話で話をするのはいつ以来なんだ、と思い出しながらメールを開く。
―おばあちゃんが入院したんだって。具合は？―23：11
―ひとりで大丈夫か？―23：48
―手術は終わった？―23：52
―そちらへ行こうか―23：59
日付が変わってから寝たと思われる息子から朝6時の音声電話。
「電話、ありがとう。すっかり寝入ってしまって、全く気がつかなかった」
「元気ならいいよ。手術は無事に終わったとか、おふくろさんから聞いたよ。その後はどう？」
社会人になってから数えるほどしか会っていない祖母を心配する息子がいつになく頼もしく思える。
「順調だと思う」
「他人事みたいだね。今度の土曜日にそちらへ行こうか」
「来てくれても会えるわけじゃないから。父さんもほんの30秒くらい顔を見たというよりも眺めただけだから」
「眺めた？」

「そう、手術が終わりリカバリー室へ運ばれていくのを眺めただけ。手術は無事に終わったらしい。こちらもどうしていいか見当もつかん。また連絡するから」

「そうか。じゃ、それまで待つよ。でも近いうちに行くから」

「ああ」

「おやじさんも気をつけて」

「ああ」

「じゃ」

「ああ、ありがとな」

「うん」

スマホの電話は音もなく終わる。家電《いえでん》は「プツ」という音がして、通話のピリオドを打ったようで歯切れがいい。

和哉が30過ぎて結婚すると聞いた時は佳子と2人でどんなに喜んだことか。同い年の看護師の由紀乃を連れて家へ来たのは結婚前に一度だけだった。式を挙げてから、看護師という仕事柄、盆も正月も帰省はしなかった。孫ができたという報告もなく3年目の正月、和哉が1人で帰省したのは離婚の報告のためであった。結婚の経緯も多くは語らなかった和哉が離婚のいきさつなど話すはずもない。

「看護師って、夜勤が多いんだよ」という説明とも愚痴ともいえない言葉に息子のわがままを見たような気がした。看護師である女性と結婚するとき、不規則勤務だということは覚悟していたのではなかったのか。離婚したという結果報告に「そうか」と頷くしかなかった。

やけに暖かい。エアコンの設定温度が30度のままだったことを思い出した。26度、風力を「弱」に切り替えた。カーテンを閉めることも忘れていたらしい。うっすら明るくなり始めたばかりの庭を眺めて「さびしい」と思う。草花の好きな母親でいつも庭には花が咲いていたはずだ。12月という季節柄か。冬にどんな花が咲くのかという風流は持ち合わせていない。トイレに行こうとして部屋の照明のスイッチを入れた。夕べは風呂も入らずに眠ってしまったことを思い出した。トイレの便座に腰を下ろした瞬間、悲鳴が出た。思わず立ち上がって便座を見る。操作パネルには小さな緑のランプが点いているから電源は入っている。真冬の便座の冷たさを覚悟して腰を下ろす。冬の便座がこれほどに冷え切るものか思い知らされた。シャワーは機能している。便座の保温機能の故障がいつからなのか。昨日や今日ではないだろう。母はあの冷たい便座で毎日用を足していたのか。女性は排尿の時も便座に座る。排尿排便のたびにあの冷たい便座に腰を下ろすことに慣れるまでどれほどの時間がかかったか。

修理はどこへ連絡すればいいのか。電気屋？　大工？　この町を離れて50年の自分は電気屋も大工も知らない。水タンクの後ろにビニール袋がぶら下がっているのを見つけた。埃まみれの袋のチャックを開ける。トイレの仕様書だ。トイレの機種番号から2003年製造らしいとわかった。

水回りを改装したという年の帰省の時を思い出した。

「トイレいいね。やっとこの家も近代化されたね」

「お風呂とキッチンも直したのよ」

うれしそうだった母の言葉。

「これから年を取るから、今のうちに近代化しておかないと、ってわたしが進言したの」

得意気な妹の顔も浮かぶ。

「ガスコンロは危ないからIHに替えたのよ。新しい機械の操作は少しでも早いうちに覚えておいた方がいいって、由美子に言われてね。思い切ったのよ」

「そうよ。老後の備えは早いうちに」

本来なら、それらの修理費用は長男の自分がいくらかは負担すべきだろうか、という思いが頭をかすめた。が、費用の算段については敢えて触れないでおいた。

息子や娘と同居していればとっくに建て替えられていたかも知れない。トイレから居間に戻りながらあたりを見回してみる。剝げかけた壁、ゆっくり歩けば床の軋みが足裏に伝わる。風呂を見てみる。一体型のバスというのが父も母も気に入らなかったらしいが、妹の強い勧めで決めたらしい。風呂のドアを開けると何かの匂いでムッとする。浴槽には水が入ったままだ。窓を開ける。洗面室の洗濯機の中に洗い物がそのままになっている。これから洗うものか、干す前に外で転倒したのか。とりあえず、洗濯機を回そうと洗剤を探す。床に置いたままの粉洗剤の紙箱から湿ったような洗剤を入れて、スイッチを押した。こんなことに気が回るようになったのは妻が実家にSTAY HOMEし、ひとり暮らし1年の成果かも知れない。

3年ぶりに帰った実家のあら探しよりも自分の朝食だ。腹ごしらえしてから考えよう。冷蔵庫や戸棚を探す気にはなれない。ここは昔からの住宅地。コンビニや喫茶店もない。こんなことでタクシーを呼ぶわけにもいかない。生まれて育った地域を歩くのも悪くないかと思う。とりあえず小学校まで歩いてみることにする。ありがたいことに道は変わらない。7時を過ぎたばかりの師走の風に頬をぴしゃりと叩かれる。

小学校の運動場に沿った道路の向こうに中学校がある。50年前は農家が点在する集落とその向こうに広がる農地との間に自転車がやっと通れるような細い道が伸びていた。その道が片側二車線の道路に拡張され、埋め立てられた道路沿いには様々な店が並び、今この町のメインストリートになっている。

先生から「今は田んぼになっているこのあたり一面は蚕の食べる桑畑だった」と聞いた。田んぼだった場所に桑という木がたくさん植えられていたと聞いても、想像もできなかった。桑も蚕も見たことはなかった。今の子供たちに「ここは昔、田んぼだったよ」と伝えても浦島太郎の昔話と同じだろう。

片側二車線道路沿いにチェーン店の珈琲屋の看板を見つけた。大きな看板には営業時間が6時から23時とある。広い駐車場は半分ほど埋まっている。店内の空席も少ない。客のほとんどが高齢者だ。窓際の二人がけのテーブルに座る。話し声があちこちから聞こえてくる。背中合わせの4人掛けのテーブルは自分よりも年配らしい男性ばかりの3人だ。2人はマスクを外しているが、ひとりはウレタンらしいマスクをつけたままだ。

「ユキオのとこは終わったのか」

明るい調子の声だ。

「ああ、終わった、終わった。あとは来年の3回忌だなあ」

ユキオという名前の男がゆっくり答える。おそらく1年前に親を亡くして、1周忌の弔いを済ませたという話題なのだ。

「ごくろさんだったな」

「ああ、ありがとな」とユキオ。

「ところでおふくろさんはいくつだった？」

マスク越しらしいくぐもった声だ。

「98」とゆっくり答える。

「りっぱ、りっぱ」と明るい調子の声。

「大往生だなあ」というマスク越しの声。

親の供養をする法事の話に話題が尽きない様子の3人組は近所同士か、関係を推測できない。

こんな田舎町では長男には「跡取り」として、親を看取ることと、その後の供養をすることが責務として課せられる。ことに田地田畑を受け継いだ長男はその荷が大きくのしかかっているようだ。自分のように住む家以外に土地を持たない家であっても「長男」という言葉の持つ意味はいくらかはあった。

今思えば自分の家は少し変わっていた。父も母も名古屋の町中で生まれた。あの戦争時代に祖母は4人の兄弟姉妹を連れてこちらへ疎開。名古屋の家は空襲で焼かれたという。帰る家が焼けて、こちらに居着いた。その頃建てられた市営住宅はそんな家族や戦争未亡人たちの住まいとなった。父も母もその住宅で育った。地元の信用金庫に職を得た父は同じ境遇の母と結婚して息子と娘が生まれて家を建てた。

　初給料で買ったという自転車で通勤していた父。父や子供たちを送り出すと一日中内職のミシンを踏んでいた母。そのそばで、内職の手伝いをしていた祖母。そんな暮らしの中で、父は言った。

「これからは大学を出なきゃいかん。ええ大学に行け。国立なら授業料も安いから」

「母さんも内職がんばるから」

　銀行という職場で学歴のないことのみじめさを身をもって知った父の言葉だったのだろう。母は夜もミシンを踏むようになった。名古屋の親戚から送られた中古のオルガンを6歳年下の妹は毎日弾いていた。そして習いに行くようになったオルガンの先生から「筋がいいからピアノにしたら」と勧められ、両親は妹にピアノを買った。息子を名古屋の私立高校に行かせた。

　名古屋でどんな暮らしをしていたかは知らないが、戦争で生活を大きく変えられてしまった夢を子供に託すことで叶えようとしていたのかも知れない。

　父が亡くなり購入した小さな仏壇に安置されている位牌は自分が守らねばならない。

「ハルのとこのおふくろさんは、どうだ？」

去年母親を亡くしたらしいユキオという男性がゆったり聞く。

「元気だが、認知がだいぶひどくなってきて、一日中大きな音のテレビの前で、たまに声を出して笑っとるで、少しはわかってるみたいだなあ」

ハルの明るい声が続く。

「高齢者の運転免許返納とか？　ふざけるなって言いたいよな。人生100年という時代に75過ぎた人間は運転するな？　100歳の親を誰が面倒見るんだよ。子供だって75になってんだよ。親が生きてんのに、自分が年寄りになってるわけにはいかないんだよ。冗談も休み休みにしろ、だよな」

憤懣をぶちあけながらもハルの声は明るい。

こんな話が日本中のどこでも語られているのだろう。自分も他人事ではない。今、65歳、母親は88、10年後には75歳の息子と98歳の母親。生きている可能性はある。佳子の母親介護だっていつ終わるか見当もつかない。そんなことを考えるとため息しか出ない。

モーニングサービス付きのコーヒーが運ばれてきた。

2 平野正平　―還暦同窓会―

10階建てのリゾートホテル。一時は田舎に本格的なホテルができて、自動車関連の子、孫、ひ孫会社の忘年会や新年会、町内会の集まり、婦人会の集まり、さまざまな場面で利用されていたらしい。世の中の景気も変わり、二度三度行けば飽きられたのか、この頃では前ほどには騒がれなくなった。

42の厄年の同窓会以来、5と0のつく年齢に開かれている同窓会。45歳、50歳、55歳の同窓会には出席していない。60歳還暦の同窓会の案内をもらって、迷わずに欠席の返事を出そうと決めていたが、なぜか投函しないままにしていたはがきを訪問ヘルパーの由紀子さんに見つけられた。

「同窓会、行かれないんですか」

自分よりも年上らしい由紀子さんは福祉法人「ゆうとぴあ」から派遣されている。

「こんな状態じゃ、行けるはずもないし」

「ぜひ、行ってくださいよ。こんな状態だから行かれた方がいいと思いますよ。疲労困憊状態の正平さんには気分転換になると思いますよ」

由紀子さんが言うように心身ともに疲労困憊の状態だったかも知れない。83歳の母親は70代後半から認知症状が出ている。その母親を介護していた妻るみ子が脳梗塞で倒れたのは昨年の5月。3か月の入院の間、弟がたまに見に来てくれたが、仕事もある。婿養子に入った手前か、家族への遠慮もあるらしい弟を当てにすることはできなかった。就職以来、有給休暇をとることはあまりなかった。が、万事休すの状態でフルに休暇を活用した。8月末に病状は落ち着いたということで、リハビリ専門の病院へ転院することになった。やっと車いすに乗れるようになったるみ子がこの中でリハビリをする。まだ50代のるみ子を80代や90代と思われる人たちの中に入れるということが少し哀れに思えた。1週間ほどして見舞いに行ってリハビリ中のるみ子に会いに行った。わからなかった。見るからに高齢者いわゆる年寄りばかりだと思っていた人たちの中にいた50代のるみ子を探さないとわからないことに、愕然とした。体を斜めに歪めながら歩行訓練するるみ子がいわゆる年寄りの中にとけ込んでいた。仕事だけを優先させてきたツケをるみ子に背負わせてしまった。そう思うと、全身の力が抜けた。

会社を辞めることにした。お盆の休暇が終わり、出社した日にその旨を告げた。籍を置いたまま10月16日の退職まで基本給が支給されたのはありがたかった。その間に家をバリアフリーに改造。「オレの仕事は介護」と割り切ることにした。妻のるみ子の1日おきのリハビリのための通院。その日母親はデイケアに通うことになった。衣食住と介護のすべてをひとりでこなす。

現実は気持ちや決心で乗り切れるようなものではなかった。その頃だった。ヘルパーの由紀子さんに同窓会のはがきを見られたのは。

「今の正平さんには息抜きが必要です。この同窓会に行って、みなさんと気分転換してきてください。その日の介護スケジュールの変更手続きはしておきます」

由紀子さんの勧めに従い欠席のはがきに出席と訂正して投函した。

車で30分ほどの場所ではあるが、アルコールも出ることでホテルに宿泊というコースを選んだのも由紀子さんの提案だ。家以外で食事をすることもまして外泊することも、母親と妻の介護をするようになって初めてのことだった。「介護」を主とした生活になって、初めての休日となった。

ホテルのロビーに入ると、「東野市立山上中学校還暦同窓会」という案内板の向こうに受付があった。同年配らしき男女のにぎやかな声や大仰な振る舞いに足が止まった。同い年。還暦なんだから昔で言うなら「姥捨てられ」の年齢なのだ。じいさんばあさんの集まりであることにはまちがいない。思いっきりおしゃれを楽しんでいるような女性たちも還暦のばあさん。まだまだ若い者には負けられないと張り切っているような男性も丸み帯びた背中や薄くなった頭髪のじいさん。オレもその仲間。

受付に向かう途中で背中にかけられた声に振り向いた。

どっしりした背の高い女性だった。かなり濃い化粧の笑顔をとっさに思い出すことはできなかった。

「正平君でしょ、わたし、わかる?」

「理恵子さん?　森下り・え・こ」

中学2年生の時、生徒会の副会長をしていた森下理恵子。クラスで最も苦手な存在だった。成績優秀、運動神経もそこそこ、押しの強さは抜群。男子が苦手とする要素を全て兼ね備えていた。最初に声をかけられたのが森下理恵子ということに心がひるんだ。

「受付で名札をもらって籤を引いて、その番号のテーブルに座ってね」

さっさと通り過ぎようとする。

「正平君、定年後のこと決めてるの?　再雇用という制度は?」

いきなりの直球の質問。あいかわらずの森下理恵子の前を足早にすり抜け、籤を引いた。「6」というテーブルにこの理恵子がいないことを祈った。

大手自動車会社の関連企業のひしめく地域である。就職先には恵まれている。オレのような中卒は卒業生150人足らずの中でオレを含めて8人だったか。あの時代、働きながら夜間高校へ通うというコースを選んだ者も何人かいたはずだ。オレは養成工として就職した。小遣い程度の給料をもらって工員としての技術を徹底的に仕込まれた。4年という期間を終えてようやく一人前の給料をもらえるようになった。以来、勤続45年で退職する予定だったが1年前の早期退職が悔しい。信じられないくらい会社は大きくなり世界中に工場を持つようになった。

高校を卒業してそのまま就職した者も、大学へ進学した者も多くは地元に帰ってきている。家業を継いだ者もいるだろう。優秀なやつほどそのままとなり帰っていないようだ。

テーブルについている者は少ない。会場に入りそのままテーブルの席についているのは男性が多い。懐かしい顔を見つけると「○○ちゃーん」と声を上げて近づいていくのは女性。誰かをさがしているような人待ち顔の者もいる。

6番のテーブルは司会者の席から程よい距離だった。18年ぶりの同窓会への参加である。先に腰かけている男性が誰か？　思い出そうとして声をかけられた。

「平野正平君？」

　名札を確認してからの声かけではなかった。自分の顔を覚えていてくれた同級生の名札を確認する前に思い出した。浦野友一。学年きっての秀才だ。

「ゆういち？」

「そう、浦野友一」と名札を見せた。

　昭和40年代、定期考査の成績が発表されていた。上位50番までの名前が廊下の掲示板に張り出された。今度の一番は誰だ、という関心だけで考査の結果をみんなで眺めた。オレは一度だけ名前が出たことがある。「48番平野正平」。浦野友一という名前は毎回上位にあった。あの頃にしては珍しく優秀なものだけを集めたという私立高校へ行き、東京の大学へ行ったはずだ。卒業式以来お目にかかったことはない。中卒のオレのことなんか眼中にないと思っていた。

「浦野友一を知らなきゃ、この学年の者じゃないよ。でも会うのは卒業以来はじめて？」

「僕は同窓会に出るのがはじめてだから」

「そうかあ。友一君はエリートだもんな。こんな田舎へ来るなんてことあまりないだろう」

浦野友一の苦笑いのような笑顔に妙な好感を持った。

「エリートなんかじゃないよ。なりそこない、って言ってくれていいよ」

いたずらを見つけられて困ったような、はにかんだような笑顔に「抜けてるな」と思った。

2つの小学校からの児童が集まる中学校。

「中学3年の時は同じクラスだったよね」

「そうだったよな」

友一の父親は銀行に勤めていたと聞いていたような気がする。あの時代、多くが農家という村の中で銀行員なんて、いわゆる「お金持ちだ」と思っていた。9年間同じ学校にいたのに、何かを一緒にやったとか、家に遊びに行ったという記憶は無い。所詮中卒となるオレと優秀な奴ばかり集まる名古屋の進学校から東京の大学へ行く秀才との接点はなくてあたりまえだ。世界が違うのだ。今日、この場で会うことも「久しぶり」というよりも「はじめまして」というべきかもしれない。

「正平君は徒競走速かったよね」

小学校まで、徒競走だけは速かった。中学生になってからはなぜか二番三番しか取れなかった。つまり、中学時代から今まで人より秀でたものなど持ち合わせていない。

ただ、仕事だけは自分に負けたくないとやってきたのに、定年前に辞めてしまった。

「早くなんかないよ。普通だよ」

「そうかなあ。６年生のリレーのアンカーでごぼう抜きしたって記憶があるけど」

「そうかなあ。忘れたよ」

忘れてなんかいない。今まで60年近く生きてきた中で最初で最後、自分が輝いた瞬間だった。だからこそ、誰かとそんな昔話をしたくない。過ぎ去ったことを自慢するほど落ちぶれたくない。自分だけの胸の中でそのまんまとっておきたい瞬間だ。

「お久しぶり。正平君、友一君」

そこへ現れた女性の名前が浮かばない。たぶん小学校も同じはずだ。小学校からの同級生同士は名前で呼び合う。中学校から合流した同級生は名字で呼ぶ場合が多い。

「正平君、久しぶり。何年ぶり？　まだ外国？」

青山和歌子だ。青山という名前からどのクラスでも名簿番号一番。家は村で唯一の雑貨屋「なんでも屋」の３人姉妹の長女だ。婿養子を迎えて家業を継ぐ、とあたりまえに思われていたのに、21か22くらいの時に嫁に出たはずだ。

「なんでも屋の和歌ちゃん、嫁に出るらしいよ。２人も小姑がいたんじゃ婿に来てくれる人もいないからと、上から嫁に出して一番下のゆかりちゃんが跡を取るんだって。

和歌ちゃんの相手は九州らしいよ」

母親から聞いたことを思い出した。九州とは九州出身の人。小学生の頃、村のはずれに4階建ての集合住宅が何棟もできた。炭鉱離職者の人たちを迎えるために県が建てたという噂を聞いた。それから集団就職というかたちで多くの人が職を求めてやってきた。自分の職場にも集団就職の人がいて、夜間高校へ通学していた。働いて、勉強する彼らとはあまり接触した記憶はない。彼らは彼らでまとまりのいい集団だった。彼らのことをひとまとめに「九州のやつら」と呼んでいた。今なら差別だと社会問題になりそうだ。50年前のことである。

案外、声の質は年を取っても変わらないものらしい。髪は染めているにしても妙な活力を感じさせる雰囲気がある。何かをしているな、と直感した。

「いや、もうとっくに帰ってきてるよ」

「外国へ行ってたの」と友一がこちらを向く。

「工場進出が外国にまでのびて、従業員はいい迷惑だよ」

「正平君もっとすごいのよ。技能オリンピックに出たんだよね」

「聞いたことあるよ。母親から」

「昔の話なんかやめてくれよ。オレなんか、出ただけだから」

二十歳になった頃のことである。話題を変えたかった。

「ところで、和歌子のご主人さん、調子が悪いって？」

だいぶ前にそんなことを母親から聞いた世間話を思い出した。

和歌子が右手を挙げて人差しで天を突くような仕草をした。

「酒はうまいし、ねえちゃんはきれいだ～。うわーうわー」

若い頃はやった「帰って来たヨッパライ」のフレーズを口ずさむ和歌子の目は笑っていない。夫のことを聞かれるたびにこんなふうに明るく振る舞ってきたのだろう。

「正平君、旦那のこと知ってた？」

「ちょっとね、母親から聞いていたから」

母親から村の噂話を聞かなくなって長い。

「うちの旦那さんね、若年性アルツハイマーだったの」

「若年性？」というオレの疑問に和歌子はあっさりと「43歳」とあっけらかんと言う。

「5年くらい、介護したのよ。エライでしょ」

茶化したように自慢する和歌子の笑顔がいい、と思った。若年性アルツハイマーの夫を介護の5年。認知症の母親と脳梗塞の後遺症の妻の介護をはじめて3ヶ月。中学を卒業して45年、その45年の間に148人が積み重ねた時間の重み。戦争も大きな災害も経験しないことは幸いの人生だったが、誰もが人に言えないものをかかえているのも事実だろう。

明るく振る舞う和歌子にオレも明るく言う。

「オレだってえらいんだぞ。認知症の母親と車いすになった妻の介護。オレの今の仕事は介護」

最後の介護と言ったとき声が詰まったことが悔しい。この和歌子のようにあっけらかんと言えない自分が情けない。

「正平君、介護してるの?」

「そう、母親83歳、妻59歳の専属介護。会社は早期退職。今は介護の専門」

「ひとりで?」

「いや、ヘルパーさんも来てくれるから」

「ねえ、正平君。ヘルパーにならない?」

こちらを見つめる和歌子の右目の下のほくろを見つけて、子供の頃より大きくなったかなと思いながら、呟くように言った。

「今だって、毎日24時間ヘルパーだよ」

「そうじゃなくて、ヘルパーの資格を取って」

こちらを睨むようなほくろの上の目に敢えてずぼらを装う。

「資格なんかなくても、オレは毎日ヘルパーやってるよ」

和歌子がハンドバッグから名刺入れを出した。

「わたしの今の仕事」

うすいピンクの紙の四隅にみどりと赤の二重のハート型のロゴ。「福祉法人・きずなの会理事長　青山和歌子」

「福祉法人？　理事長」

友一が小さな声で名刺を読む。

「そう、旦那が病気になってから、ヘルパーの勉強をしたのよ。若年性アルツハイマーと診断、頭の中は真っ白でしょ」

両の手首を広げて頭をかしげる。英語の教科書で疑問文の勉強するページのイラストを真似てみた。

「まだひどくならないうちに講座を受けたの。あの勉強はよかった。学校で因数分解や歴史の年号覚えるよりも、うーんと、ためになった」

薄ピンクの名刺を指先で撫でながら友一が驚いたように和歌子を眺めている。

「理事長って、経営に関係してるってこと？」

「そう、旦那を送ってから、お世話になっていたヘルパーさんと立ち上げたの。介護保険ではできないサービスを必要とする高齢者とか障がい者、その家族がたくさんいるのよ。介護は家族が中心となって担うもの、というのが基本でしょ」

「家族に介護の必要が生まれたら、わたしはその家族さんには介護の勉強することをお勧めするわ。お互いのためよ。介護の技術、心構えを勉強すれば心も体もある程度穏やかに介護できる」

和歌子の熱弁に心を動かされた頃、同窓会の幹事の声が聞こえてきた。会の司会は案内のはがきにあった名前の２人だ。とりあえず幹事に体を向け耳を傾ける。６番テーブルには８人がいた。常套句のような挨拶が終わる頃、立ち上がった和歌子が司会者の方へ歩いて行った。

「会を始める前にわれらが同級生のマドンナ、青山和歌子さんより、みなさまへぜひ一言と申し入れを受けていますので、どうぞ静聴ください」

司会者から和歌子がマイクを受け取る。ライトに照らされた目の下のほくろが妙に目立つ。そのほくろが和歌子の魅力かも知れない。

「こんにちは。青山和歌子、22歳から水元和歌子。夫を見送ってから再び青山和歌子に戻りました。ここでみなさんにお会いして、わたしの心は躍っています。わたしたちみんな60、還暦、定年です。定年？　会社から解放されます。定年になっても、こんなに元気、若いって思っている人は？」

和歌子の歯切れのいい声かけに会場から声が出る。

「おー、まだ若いぞ」

「そうよ、まだまだこれからよ」

「ありがとう」と、和歌子は堂々としている。

「みなさん、わたしも含めて、この会場は宝の山です」

「おれたちは宝か」という声に「そうです。人材の宝庫です」

言い切る和歌子の言葉に多くの者が息をのんだ。男なら定年後の心配が現実のものとなっているはずだ。再雇用されても、どれだけの賃金をもらえるのか。年金はどのくらいか。具体的な数字を知らない者も多いだろう。

「みなさんは元気ですよね。もっともっと社会に貢献しませんか？　役に立ちましょう」

「おー。役に立ちたいよ。どうやって」

ただたどしいが和歌子の真剣さは伝わってくる。

「ヘルパーです。今、介護の世界は人手不足です。これから高齢者は増える一方なのに介護の人手不足はよりいっそう深刻になっていきます。外国から介護の人手を輸入しようとしているくらい深刻です。でも、定年になったけれど、高齢者でもない人がこの日本ではあふれているのです。元気な世代、わたしたちがいます。わたしたちの年代の者がもっと社会に貢献する気になれば、わたしたち自身が80代90代になったとき、豊かな介護生活を迎えることができるんです。わたしは若年性アルツハイマーの夫を5年介護しました。その経験を生かして、福祉法人きずなの会という事業を立ち上げました。今、介護を必要としている高齢者はわたしたちの親世代が多いんです。親を介護するつもりで他人様を介護する。介護は仕事です。家事ではありません」

介護は家事ではない。仕事です。オレの心にちくりと響いた。

「同窓会の場を借りて、これ以上のお話はできませんが。ヘルパーという仕事に興味関心を持たれたら、この後ぜひわたしに声をかけてください」

マイクを司会者に返して少しだけ頬を上気させた和歌子がこちらへ帰ってくる。

テーブルに用意された乾杯用のコップにオレはビールを注いだ。一口飲んで「ありがと」と少し赤くなっていた頬に手を当てた。

青山和歌子って、こんな女だった?

「りっぱだよ。和歌子さん」

友一がビール瓶を持って声をかけた。

「ありがと。この中から1人でも2人でもヘルパーになってくれたらうれしいわ」

「和歌子ってさあ、ずいぶん変わったよな」

「卒業して45年、ずっとそのままだったら、ばかみたいじゃない。正平君だって、あのガキ大将の正平君がお母さんと奥さんの介護を仕事にしてるなんて、考えられない」

幼馴染に茶化されるというのが同窓会の醍醐味かもしれない。

還暦同窓会、半世紀近く前の昔話に笑いながら、定年を前に再雇用の探り合い、年金だけで食べていけるのかという現実的な話があちこちのテーブルで交わされている。

2時に始まった同窓会がお開きになったのは4時半。二次会への案内を聞いていると浦野友一がふいと立ち上がった。

「今日はありがとう。楽しかった。5年後の同窓会も来るつもりになった。でも、今日はこれで」

右手を挙げて「じゃ」と足早に去った。優等生らしい消え方と言えるかもしれない。

二次会の会場はホテル最上階のラウンジ。なぜか和歌子が近くにいた。カラオケで盛り上がっているのを遠目にコークハイとジンフィーズ。ジンフィーズというのがいかにもあの時代的だと和歌子は笑う。

「友一は東京のエリートサラリーマンさんだから」

和歌子がジンフィーズのグラスを両手で持っている。

「そんなんじゃないと思うな」

和歌子が口を固く閉じた。もしかしたらオレより大きいような和歌子を見た。背も高く、中年太りしたらしい和歌子の貫禄に子供の頃の和歌子を重ねることができない。特に運動会で活躍するとか、考査の結果に名前を見たとか。そんな記憶はない。雑貨屋「なんでも屋」の和歌子。3年生か4年生だったか、親の言いつけで石鹸を買いに行った。応対してくれた和歌子からおつりの5円をもらうときに掌に和歌子の指先を感じた。妙なことが脳裏をかすめる。

「友一君とこ、妹さんが10年くらい前に亡くなってるの」

友一の妹を小学校で見た記憶はない。

「だいぶ、年下だよね」

「6つ年下だったと思う。わたしたちが中学生になったら小学1年生。だから友一君が大学に入ったとき中学生になったのかな」

「で、10年くらい前に亡くなったって、まだ40ちょっと?」

「妹さんが亡くなって2、3年後にお父さんが亡くなったの。妹さん家族と同居してたわけじゃないけど、近くにいたから、おおかたのことは妹さんに任せっきりだったんじゃない。妹さんが亡くなって、少しはこちらのことが気になるようになったってことかな」

「だよな」

「今はお母さんは本当にひとりで暮らしてるって話よ。だから、たまにはこちらに来なくちゃあと思い始めたんじゃないかな。それで、同窓会にも顔を出しながらお母さんの様子を見に来るようになったとか」

「そうかあ。この年になると優等生のエリートもオレみたいな中卒も同じなんだなあ」

「だから今から第二の人生を生きるのよ」

「第二の人生？」

「あのね、人生には人に頼らなければ生きることができない期間が二度あるのよ」

「二度ねえ」

「生まれて大人になるまでの期間と老いて死ぬまでの期間。子供の時、何になりたい？　って聞くでしょ。先生とか、野球選手とか言うじゃない。それは子供を卒業し老境に入るまでの時間に何をするかでしょ。夢を叶えて何かになっても、死ぬまでそうあり続けることって、むずかしいじゃない。定年になれば即やめなければいけないでしょ。生涯現役であり続けるって。あまりないじゃない。いつかは自分のこともできなくなる時が来る。60から15年20年はまだ大丈夫なんだけど、みんな老いて死ぬために生きているような時間を過ごすだけの人が多いのよ。もったいない。60代だって、労働資源よ。役に立たなきゃ」

透明なジンフィーズのロングタンブラーを口にして一口飲み込んだ。オレもコークハイを一口、二口飲んだ。

「福祉法人の理事長として正平君に勧めたいのは、ヘルパーを職業にすること」

「だからさあ、今、オレは仕事ができるような状態じゃない、って」

「家族の介護と他人の介護はちがうのよ。家族の介護はよそのヘルパーに任せて、正平君は他人の介護をする」

今流に言えば「わけわかんなあい」だ。

家族をほっといて他人を世話しろって？　できるわけない。母親のMサイズの紙パンツと妻のLサイズの紙パンツの区別ができるようになるのに1週間はかかった。食事だって母親は何とかひとりで食べる。るみ子は口に入れても唇の左端からこぼれてしまう。たくさん口に入れて誤嚥させてしまうことに要注意。自分はコンビニかほっか弁を立ったままかき込むような毎日で、オレがいなくなったら母親も妻も汚れた紙パンツの状態で腹を空かせることになってしまう。

「あのね、正平君」

今からもっと大事なことを説明しますよと、チョークで黒板を叩く小学校の先生のような気がしてくる。

「はい」といい返事をする。和歌子先生が苦笑する。

「正平君がヘルパーになるでしょ。その間の介護を誰がするんだ、って思ったでしょ」

「うん、そうだな」

「正平君がヘルパーという仕事をしている間はお母さんや奥さんの介護は他のヘルパーに頼むの」

「同じじゃん。誰の介護をするかという違いだけじゃん」

和歌子先生がこちらの非を見つけたようにきりっと笑う。

「全然違うの。職業としてする介護と家族を介護するって。別物なのよ」

母親や妻以外の人を介護する自分が想像できない。

「職業としてヘルパーになっている間は家族の介護から解放されるの。つまり息抜きできるの」

介護からの息抜き。心に響いた。今日ここへ来るために箪笥の中から少しはましなスポーツシャツを出して、髭も念入りに剃った。ふだんは通らない海岸線を走る爽快感。カーブを切って青い海が見えると窓を開けた。久しぶりの海の匂いに心が浮いた。そんな些細なことで由紀子さんの勧めてくれた「息抜き」を満喫できた。

「仕事には息抜きが絶対に必要。だけど家族を介護していると休んだり息を抜くことを忘れてしまうの。がんばりすぎる介護は長続きしない。正平君、がんばりすぎてるって、思ってないでしょ。今ここにいることも罪悪感を感じてたりして」

図星だ。

母親も妻も今日から1泊2日のショートステイだ。はじめてのショートステイを妻はどう過ごしているか。妻の入院中何度かショートステイで施設に宿泊したことはある母だが、宿泊することを嫌がっていることはわかっている。2人を犠牲にして同窓会に来ていることの罪悪感が背中にへばりついてる。

コークハイのロングタンブラーを持って立ち上がった。

2時という中途半端な時間から飲んだり食べているため空腹感はない。時間はそろそろ6時。2人に食べさせることも、体をふくことも、今日はしなくていい。夜中に様子を見に行かずに朝までぐっすり眠ることができる。コークハイのお代わりをもらって、和歌子の後を追った。

「ちょっと寒いけど、いい？」と和歌子がベランダに出るガラス戸を開けた。

壁に沿って4脚の椅子、椅子と椅子の間に小さな丸テーブルがある。和歌子が腰かけた。テーブルを挟んだ隣の椅子に腰を掛けた。久しぶりのゆったりした気持ちになれて、テーブルにグラスを置いた。ほぼ暗くなった2月末の空。夜空を見るなんて久しぶりだ。半年、いや何年も夜空を見上げた記憶はない。

「正平君は今日は泊まり？」

同窓会から二次会、化粧のとれかかった還暦の和歌子がくすっと笑う。

星がきらめき始めた空の下には海。潮の香が心地よい。釘、石鹸、薪、食料以外の物は何でも売っていた「なんでも屋」の和歌子と還暦を迎えて、こんな時間を過ごしている自分がおかしい。

「うん。和歌子、さんは？」

小学生の頃、女子は名前に「君」男子は女子も男子も呼び捨てで読んでいた。45年も別の世界で生きてきた女性を呼び捨てにすることにも抵抗がある。友一のようにスマートに「和歌子さん」と呼べない。

「わたしも泊まるけど、明日は早く出るの。仕事があるから」

「介護のし・ご・と？」と聞きかけて、福祉法人の理事長が実際に介護をするわけがないことに気がついて言葉を濁した。

「そう、明日朝8時から訪問介護の予定が入ってるの」

「朝、8時？　理事長でもヘルパーやってるんだ」

「零細だから、理事長も理事もみんなヘルパーよ。というか、みんなヘルパーであり、理事でもある。初老にさしかかった女たちの始めたことだから」

「何人くらいで？」

「最初は3人。わたしと旦那のヘルパーだった川田京子さんと、京子さんの担当してた被介護者の家族だった曽田幹子さんという人と。介護保険ではできないサービスを提供できたらいいね、って始めたの」

「介護保険でできないサービスって、どんな？」

「通院の送迎と付き添い。運転免許を返納した高齢夫婦が通院するのって、大変じゃない。巡回バスといっても、そのバス停まで1キロも2キロも離れている家って多いのよ。タクシーで往復5000円？　タクシーで病院へ着いた後はひとりであちこち回されるでしょ。そんなことができるくらいの人は車の運転だってできるはずよ。きずなの会ではそういう方たちの病院への送迎と付き添いを介護保険と組み合わせながらやってるのよ。他にも介護保険ではできないことがたくさんあるのよ」

妻のリハビリの通院は介護保険を利用しているからか、病院からの送迎の車がやってくる。だが、歯科医へ連れて行くのに介護保険は使えないらしい。車いすでも診てくれる歯科医を探し、連れて行く。30分足らずの治療だが、家に帰ると疲労困憊だ。もちろん通院は母親のデイサービスの日と決めている。

「変な話だけど、料金はどのくらい？」

テーブルのロングタンブラーを取り、ジンフィーズを飲み干した。

「強いね」

「わたしね、昔からジンジャーエールとジンフィーズが好きなの。料金はね、安くはない。高くはない。それはサービスを受ける人とその家族が決めること」

タンブラーに残った氷を口に含みながら、和歌子がくすりと笑った。

還暦に再会する同級生に自分の年齢を見る。もう若くはない。だが、まだ老人でもないという自負がどこかにある。自分の場合は年寄りになっている場合じゃない。

「わたしは6時過ぎにはここを出るけど。正平君、明日ここから家に帰る途中事務所に寄ってくれたら、もっと詳しくお話しさせてもらうわ。とにかく自分だけではできない、ってこと。怠けでもさぼりでもないのよ。あたりまえのこと」

渡された名刺の裏の「きずなの会」周辺の地図。駅や市役所とか大型スーパーからは少し距離のある場所だ。

「わかった。いろいろ相談にのってください」

介護の世界のプロ級のプロという感じの同級生に茶化したように言う。

「お待ちしてます。わたしは9時半には事務所に戻っているから」

「8時から仕事じゃないの？」

「仕事は30分。デイサービスへ行くための送り出しだけだから」

ヘルパーの由紀子さんから聞いたことがある。デイサービスに行くための支度―着替え、薬の用意など―をして施設からのお迎えの人に託すまでのサービスを「送り出し」というらしい。由紀子さんの事務所の賃金は１４００円。一度の送り出しでもらえる賃金は７００円。往復の時間は賃金は支給されない、と聞いている。

「大変だね。30分だけの仕事で。金にはならないね」

「だから、送り出しのような小刻みな仕事はわたしたち理事がするの」

「明日10時ごろ、行くよ。ショートステイからのお迎えは4時だから」

「じゃ、待ってます。じゃ、わたしは人材の宝庫の中へ突進してきます」

空のタンブラーを持って和歌子は立ち去った。ふくよかな後ろ姿が頼もしい。もしかしたら体重もオレより多いかもしれない。頼もしい背中だ。肌寒い夜の風が久しぶりのアルコールに熱を帯びた頬に心地よかった。中では昔の同級生たちが何とか話題を探り当てた者は喋って笑っている。取り繕う話題を見つけられない者はカラオケのマイクを放さない。どちらにも入ることのできそうにない。ひとりでゆっくり夜風を楽しむ贅沢を堪能することにした。

翌朝、ホテルでの朝食。バイキングとはいえ、誰かの用意してくれる朝食なんて、るみ子が倒れて以来初めてだった。ゆっくり座って食べるのも久しぶりのことだ。海の見える窓辺のカウンターに席を取る。

「一緒にいいかな」

バイキングのお盆を持った男。すぐに思い出した。小学校は違うが、結構仲の良かった田中彰だ。

「先回、55歳の同窓会のとき正平はいなかったよな」

「うん」

「あのとき、国語の水原って先生が来たんだよ」

「先生はひとりだけ？」

「そう。高齢でもう出かけられないって人もいたし、亡くなってる先生もいるからね。その国語の水原先生は80歳は過ぎてたな。まだ市内で俳句の会とかいうのをやってるみたいで」

「へえ、元気だね」

納豆にたれを入れて箸でかき回しながら田中彰が口を歪める。

「最初に挨拶してもらうだろ」

地元の特産小女子の佃煮を乗せたご飯を食べながら頷いた。

「いきなり、松尾芭蕉の話なんだよ」

「松尾芭蕉？　俳句の？」

「そう、松尾芭蕉の俳句を一句取り上げて、その俳句の解説というのか、なんていうか、授業なんだよ」

「なんで？」

「わからん。みんな困っちゃって、幹事がいちばん困ったと思う。でも、むげにもできないから30分くらい、だあれも聞いてないけど、喋ってたよ。僕なんかは知らない有名な俳人らしい人の名前を出して、授業してた」

「それで？」

「市内でやってる俳句の会と勘違いしたんじゃないかと。で、もう先生は呼ばないというこことになったらしい」

「そうか、だから先生は誰もいなかったんだ。でも、よかったじゃん」

「何が？」

「あの先生ってさあ、ちょっとうるさいと、チョーク投げてどなってたじゃん。だあれも聞いてなくても、どならなかっただけ進歩じゃん」

納豆かけご飯をかき込んでいた田中彰が吹き出しそうになり箸を止めた。

「そうか、年をとって、練れたということにしておこう」

「そんなもんだよ」

「じゃ、また5年後。元気にしてろよ」

食べ終えたお盆を持って田中彰は消えた。

国語の水原先生はあの頃30代半ばか。背の高いスポーツマン風で女子には結構人気のあった先生じゃないかと思っていた。その先生の老いた姿、老いすぎた姿を元教え子たちは見てしまった。同窓会に参加した元教え子たちの「水原先生」の印象は完全に塗り替えられてしまっただろう。「老いぼれて同窓会で大ボケをした先生」として残るのだろう。そして同窓会のたびに話題に出されるだろう。

水原先生が少し気の毒に思えた。認知症というのは誰でもがかかりうる病気なのだ。青山和歌子の亭主は43歳でアルツハイマーになったと言うから、老人病ともいえない。

認知症の亭主との5年間。考えるだけでも気の毒なことだと同情してしまう。しかし、オレだって、認知症の母親と半身不随の妻との生活がどれだけ続くのか。見当もつかない。とりあえず今からあの青山和歌子の「きずなの会」というところへ行ってみよう。

開けるような道があるとも思えないが、とりあえず行ってみよう。

3　青山和歌子

―再会―

中国の武漢という町で突然わき上がった「新型コロナ感染症」が日本のTVで毎日トップニュースに取り上げられるようになって1年を迎えようとしている。世界中で猛威を振るっているらしい。各国の感染者数死亡者数の発表に戦々恐々としている。発祥の地中国武漢での医療崩壊のニュース、諸外国でのロックダウンの様子、インドではノーマスクだと警察に注意されその場で罰金とか、腕立て伏せをさせられるという映像も目にする。映像と解説のすべてが本当なのか、よくわからない。豪華客船ダイアモンドプリンセス号の一件でその恐怖は日本中をかけ回った。

そして2月27日、「来週3月2日から春休みまで臨時休業を行うよう要請します」という総理大臣の言葉に日本中が驚いた。夏休み冬休み春休み以外の期間、学校が休みになるという。戦争中、疎開というものがあったということは知っている。空襲から子供を守るために子供たちを集団で田舎へ移動させて学習を保証するということが目的だったはずだ。春休みまでには卒業式もある。在校生の終業式もある。入試もある。信じられないできごとである。戦争中よりも深刻な状況下にいるということなのか？　さらに春休みを過ぎても6月30日まで、学校休業は延長された。緊急事態宣言とかが出されて特に都会は大騒ぎだった。

その割にはまだまだ浮かれている人も多い。多すぎるような気もする。ゴールデンウイークの「ＳＴＡＹ　ＨＯＭＥ」という東京都知事の呼びかけに効果があったのかどうか。ゴールデンウイーク直前の有名な女優のコロナ死に反応して、帰省を自粛した人もいただろう。そんなことも忘れかけている。

老人福祉施設も病院も家族との面会や見舞いを極力制限している。「不要不急」の通院は控えるようにという呼びかけに患者も家族も戸惑うしかない。リモートによる診察でどこまで自分の症状を理解してもらえるのか。不安だけを抱え込んでしまう人も多いはずだ。こんな状況がいつまで続くのか。とりあえず、ワクチンと治療薬の開発を待つしかないのだろうか。

コロナ騒動の中で、訪問介護の仕事も変わらざるを得ない。手指の消毒剤の携帯、医療用手袋の着用、やっと供給が安定してきたマスクは利用者ごとに交換する。もちろん利用者にもマスクの着用はお願いする。幸い、訪問介護の利用者にはコロナ禍におけるマスク着用の意義を理解できていない人は少ない。消毒にも協力的な利用者が多い。嫌がる人にはこちらがマスクの二枚着用とする。

今日は通院付き添い介護である。谷沢恵子さん、78歳。51歳で脳梗塞発症のため右側が半身不随である、認知機能に問題はない。家の中で4点杖を使用して歩くことはできる。週3回デイサービスに通っている。敷地内に建つ家に息子さん家族が住んでいる。息子さんが出勤前に朝ごはんを運んでくるという。仕事から帰ると母親の家に顔を出してから自宅に戻る息子に、恵子さんは感謝している。デイサービスに行かない日の昼食は宅配の給食。夜は毎日通うヘルパーが作る。たまに息子さんの妻からおやつや、晩ごはんの一助にとサラダや煮物が届くことがある。恵子さん自身右半身の自由が利かないが、ご飯を炊いたり、左手で豆腐を切る程度のことはできる。ドラム式の洗濯機のスイッチを入れる。そのまま乾燥した洗濯物は洗面室の大きな籠に分類して入れ、必要なものを必要なときに引っ張り出す。洗濯物を畳むという概念を捨てる。恵子さんの在宅介護を引き受けるにあたって、ヘルパー同士で考えた生活様式だ。恵子さんへの支援は週に一度の買い物と月に一度の通院の付き添い。そして毎日夕方5時から6時半まで家事の補助をする。

買い物や通院という人の多い場所では車いすを使用する。

一番の予約は神経内科、それから眼科、整形外科の三つの科を回る。診察室に入ると電子カルテからこちらへ視線を向けながらまだ30代らしい整形外科の田中医師が声をかける。

「谷沢さん、変わったことはなかったですか」

「特にはないですけど、やっぱり腰が痛くて」

この頃の医者はコンピュータばっかり見て患者の顔を見ていない、と言う声を聞くこともある。いろいろな利用者と診察室に入る。患者が入室すればとりあえず患者の顔を見て挨拶をする医師が多いというのが実感である。

「そうですか。いつものようにシップ出しておきますが痛み止めも出しておきますから、特に痛い時に飲んでください」

「痛くて寝られないときは痛み止めとよく眠れるお薬とどちらがいいですか」

メタルフレームの眼鏡の奥の目がほほ笑む。

「毎晩眠れるお薬は飲んでいらっしゃるんですよね」

「はい、毎日飲んでます」

「それでも痛みで眠れなかったら、痛み止めを飲むということにしましょうか」

診察のたびに似たような会話が繰り返される。

こんな診察を受けることを不要不急の受診というのかも知れない。

似たような診察を受けるということは病状に大きな変化はなかったということなの

だ。痛い、痒い、痺れる、見にくい、聞こえにくいなど加齢による訴えに根本治療はないのだろう。大きな病が潜んでいる場合をのぞいて医師は症状に対する処方をするしかない。訴えれば薬が増える。薬には何らかの副作用がある。また症状が増える。その繰り返しが老いとの戦いなのかも知れない。当事者でもなく家族でもなく、ヘルパーとして医師と患者のやり取りを見聞きした10年の経験からそんなことを考えるようになった。

今65歳の自分が顕著な老化現象を感じていないからの傲慢な感想だとも思う。いつの日か、腰が痛いとか膝の調子が悪くなり歩行に支障をきたしたり、聴力が極端に落ちたとき、やっぱり医療にすがるようになる自分を容易に想像できる。静かに自分の老いを受け止めるための修練の場がヘルパーの世界にはあるのかも知れない。

夫、隆二郎が若年性アルツハイマーと診断されたのは43歳。1年半の休職期間中は傷病手当金を受給、退職後は傷病年金で何とか暮らしていた頃、なるべく外へ連れ出すように心がけていた。病気の進行のせいか、助手席で妻の運転を批判する言葉が増えた。

「ほら、向こうから来るからもっと左、左に寄って」、「追い越せ、とろとろ走ってるやつは早く追い越せ」という乱暴な言葉は病気のせいと、とりあえずは自分に言い聞かせる。それでもつい「ここで、追い越せるわけないでしょ」、「黙ってて」と応酬してしまう。そんな喧嘩が増えていた。そのうちに夫の口数が少なくなり妻の運転に口出しすることは減った。そして次の段階。助手席できょろきょろするようになった。「これは何？」とワイパーのレバーを引いて、ワイパーが動き出すのを見てうれしそうに笑った。突然ハンドブレーキを引いたときはこちらも急ブレーキを踏んだ。それからは助手席の後ろに座らせてシートベルトをかけ、チャイルドロックをかけることにした。

そしてあの日。

世間では小学校や中学高校などの入学式、新入生、新入社員という「新」という言葉に心浮き立つ季節であった。

チャイルドロックをかけるようになって半年も過ぎた頃だった。月に一度の診察を受ける日、幹線道路から駐車場へ入る道の両脇の桜が満開の時を迎えていた。花トンネルをくぐりながら、バックミラーで見ると、隆二郎は前方、左右を眺めながらもいい表情をしていた。どんなになっても美しいものを見ると人は落ち着くのだなと自分も桜を楽しみながらゆっくり走行していた。

「きれいだね」と言う隆二郎に「本当にきれいだね」と返す。久しぶりの夫婦らしい会話に心がほぐれる。

「これは何?」

美しいものに感動する感性は残っているが、「桜」という記憶は消えているらしい。チャイルドロックをかける前の頃なら「これは桜でしょう」と言い聞かせるような口調になっていただろう。

「さ・く・ら」とゆっくり答えた。

「ふうん、さくら、さくらって言うんだ」

「そう、さくら、きれいねえ」

「うん、きれいだね」

会話が成立しているのか、いないのか。夫婦の会話ではない。親と幼い子供との会話ならばほほえましい。子供に「さくら」と教えれば次に桜を見れば「さくら、これは桜だよね」と自慢げに言うだろう。隆二郎は明日も「これはなあに」と聞くにちがいない。

病院の玄関の車寄せに着いてボランティアの女性の姿を見るとチャイルドロックを外す。

「おはようございます、今日は病院へようこそ」

　フリル付きのエプロン姿の女性に声をかけられて、隆二郎は戸惑いながらはにかんだように笑う。真っ白なエプロンはメイド喫茶の少女のように丈の短いものではなく、ヨーロッパの貴族の家の召使いのように丈が長い。両肩のフリルが華やかだ。エプロンのほかに割烹着姿の人もいる。どちらも胸には誰にでも読める大きなひらがなで名前が刺繍されている。糸の色はそれぞれだ。40代くらいから70代までと年齢はさまざま。初めて見たときは一瞬目を奪われた。決して楽しくはない病院へ来て、真っ白なフリル付きのエプロンに心が浮く。患者や家族の手助けをしてくれるボランティアだ。ドアを開ける人、車いすを運んでくる人。それぞれの役割を果たす。隆二郎は歩くことはできるがあまりに小股で歩くから歩行は遅い。院内では車いすを使う。

「隆二郎さんですよね」

　声をかけてくれた見覚えのある女性に頭を下げる。病院ボランティアの中では若い方になるのだろう。自分と同世代だと思われる女性のエプロンの胸に「やまのうちようこ」という刺繍がある。毎日何百という数の患者が訪れるだろう。すべての患者の名前を覚えているはずもない。隆二郎の顔を覚えていてくれた。まだ40代の男性の怪しげな言動はそれだけ印象深いということなのだろう。

夫を「やまのうちようこボランティア」に任せて車を止めに行く。駐車したところからひとりで隆二郎を連れて行くのなら1歩でも近いところへ止めたい。玄関先で降ろした後はボランティアが患者を見ていてくれる。駐車場をゆっくり歩きながら桜を満喫する。

車いすのハンドルを持つ「やまのうちようこ」さんのエプロンの裾をつかんで子供のように両手でもみもみしている。

「すみません。きれいなエプロンをわしづかみにしてしまって」

「いいんですよ。受付までご一緒しますね」

「ここでお待ちしますから、受付をしてください」

やまのうちようこさんに頭を下げ受付機の前に並ぶ。受付機の係の人に誘導されても時間のかかる高齢者が多い。受付機から戻ってきた診察券、受診外来ごとの受付用紙と院内の案内のチラシが手にある。やまのうちようこさんが「ゆっくり書類を整理してください」とほほ笑む。

「最初はどこですか?」

「9時に神経内科、眼科、整形外科の順番です」

「大変ですね。神経内科までお付き合いさせてもらっていいですか」

「ありがとうございます」

　ゆっくり車いすを押すやまのうちようこさんの白いエプロンの裾をそっとつかんだままの隆二郎の手を払おうとすると「いいですよ」と言われた。

「ご主人さまですか？」

「ええ」

「さしでがましいですが、アルツハイマーですか？」

　少し間を開けて、小さく頷いた。

「うちの主人もそうでした」

　単純な驚きというよりも安堵に似たような感覚と「でした」という言葉の意味を探った。

「昨年亡くなりました」

「まあ」

　お気の毒に、という言葉を思いついたが、声に出すことができなかった。

　無言のまま5、6歩、歩いて「8年」という声に足を止めた。

「アルツハイマーと診断されて8年。風邪をひいて、肺炎になって、そのまま施設で」

「施設？」

「介護保険ができて、その恩恵を受けることができました。前からお見かけして、気になっていました。あなたのご苦労、わかります」

真っ白なフリルのエプロン姿のやまのうちようこさんともっと話したいと思ったが、神経内科の待合いに着いてしまった。

「あまりがんばらないでくださいね。ほどほどに」

どうして自分だけがこんな思いをするのか。何かを恨みたくもあり、自分の運命を呪ったりもした。しかし、夫である人を見放すこともできない。兄が向こうでミカン農家を継いでいる。妹は大阪で所帯を持っている。隆二郎の病気を知って一度こちらへ見舞いに来て以来、一度も顔を見ていない。子供もいない。ひとりで果ての見えない戦いの真っただ中にいた自分への最大の励ましだった。

「がんばらないでくださいね。ほどほどに」というやまのうちようこさんの言葉。

隆二郎のお気に入りのスエットスーツは金具やボタンがない。どんな検査にも着替えをしなくてもいい。神経内科からの指示で検査を受けることになった。検査室前の長いすの横に車いすを置き「さあ、検査を受けるから、名前を呼ばれるまでここで待ちましょうね」と長いすに腰を下ろした。

「何の検査？」

隆二郎がこちらを見る。神経内科で指示されてここへやって来たばかりだった。いちいちそんな説明をすることにも慣れてきた。

「頭の検査」

文字を棒読みするような妻の声に納得したのかどうか、わからなかった。真正面のドア、廊下を右、左とゆっくり見まわしながら隆二郎が不思議そうに言った。

「ここはどこ?」

頭の検査を受けると、言ってから1分もたっていない。検査をする場所が病院という場所であることがわかっていない。そして1分前のできごとの記憶も消えている。今自分がいるところが曖昧になるという症状は出始めていた。が、きっちり答えれば納得できる。

「ここは病院なの。あなたの病気を調べる検査をするからここで待ってるの」

「ふううん」

今この瞬間は納得している、はずだ。

「何の病気?」

今の会話は成立していることにほっとする。

「それを調べるための、け・ん・さ」

答えている自分がどんな表情で受け止めているのか。心にぽっかり穴が空いたような気持ちになる。

その1、2分後だった。異臭に気がついた。5メートルほど先のトイレの方を見ようとしたとき、隆二郎が腰を浮かせるしぐさをした。瞬間、まさかという思いが背中を走った。何もないように前を向いたままの隆二郎が尻をもぞもぞ動かしている。

「ちょっと見せてね」

スエットパンツの腰ゴムに手をかけると強烈な臭いが立ち上がってきた。トイレへ行こうと車いすのハンドルを持った。本人も気持ちが悪かったのか、ズボンを引き下ろすしぐさをする。異臭はさらに広がった。そのとき、検査室のドアが開いた。臭いでできごとを察した検査技師の「大丈夫ですよ」という声が神の声にも聞こえた。まだ20代らしい男性検査技師は車いすのまま隆二郎を検査室に連れて行った。

検査室内にいた女性検査技師と2人であっという間にすべてを処理して、検査着のズボンをはかせてくれた。4、5分の間に何が起きたかわかっていないような隆二郎も付き添っているはずの妻も立ち尽くしている間に処置は終わった。

「大丈夫ですよ。このまま検査に入りましょうか」

検査台に横になったのを見て、廊下に出た。

検査を終えて「お疲れさまでした」と汚れものを入れたビニール袋を入れた紙袋を手渡してくれる男性検査技師に心から頭を下げた。隆二郎が検査着のズボンではなく、スエットパンツをはいている。

「これは？」と聞いてみた。

「患者様の置き忘れとか、いろいろあるんですよ。ちゃんと洗って、殺菌はしてありますから心配なさらないでください」

病院で粗相をするなんてできごと、ありうることなのかもしれない。そんなことまで考慮されていることにただ「ありがたい」という気持ちになれた。

あの日、夫が元に戻らない認知症であること、これから1人では対処しきれないことを知ったのかもしれない。

楽しかったこと、嬉しかったことを思い出せば幸せな気持ちになれる。つらかったこと、苦しかったことを思い出せば気持ちが沈む。そんな過ぎてきた時間と今、目の前で起きていることを攪拌しながら、人は今を生き、明日を予測しながら生きているのだろう。過去もなく明日も見えない。今だけを生きているのがアルツハイマーを患うということなのだ。

誰でもが自分の身の回りで起きたこと、自分が感じたこと考えたことをすべて記憶していわけではない。それぞれの記憶装置には記憶の引き出しのようなものがある。簡単に引き出すことのできる記憶の引き出しもあり、カギのかけられた引き出しもある。覚えていることと、忘れていくことがあるから生きていられるとも言える。覚えていることなんてほんのわずかなことなのに、それらの記憶がいい思い出になったり、嫌な過去になったりしてその人の性格や人格を作っているのか。

夫がアルツハイマーだと診断された頃、夫に言ったことがある。

「あなたはこれから忘れることが上手になっていくのね。でも大丈夫、記憶の引き出しの鍵が壊れてもわたしも同じような鍵を持っているから。壊れた鍵をねじ開けてあげるね」

アルツハイマー病という病気をまったくわかっていなかった。

楽しい記憶や嫌な記憶だけでなく、生物の体に沁み込んだ記憶、知識、知恵。単純に生活習慣というものもひとつの記憶なのだろう。その引き出しの鍵が錆び付いて引き出しを開けることができない。排泄管理の鍵も錆び付いてしまう。

生きてきた時間、記憶が作り上げた人格が壊れていく。

あの日を境に、絶望の中にかすかにあった夫の病気と一緒に生きるという覚悟が萎えた。ひとりでは無理だと悟った。認知症の家族の会に参加、ヘルパーの勉強もした。

被介護者として夫を突き放すためであった。

ドアが開いて、「谷沢恵子さん」と呼ばれて、「はい」と答える恵子さんは車いすを押され、検査室へ入った。ポシェットからスマホを出して時間を確認。11時20分。朝8時半に恵子さんを迎えに行き、3つの科の診察を終えた。この検査が終わり、会計をすませれば昼過ぎ。お茶でも買おうとコンビニへ行こうとして、廊下を歩いていく男性と鉢合わせになり「すみません」と一歩下がった。

マスク越しに見た目だけの顔に、見覚えがあるような気がして、相手の顔をじっと見つめてしまった。向こうも何かを感じたのかこちらに視線を向けたままだ。お互いに何かを思い付いた瞬間「あっ」と声が漏れた。

「まちがったらごめんなさい。浦野さん？」

とりあえず名字を呼んだが、そのあと不意に「ゆういちくん？」と声が出てしまった。すると男性の目が笑った。

「なんでも屋の和歌ちゃん？」

2人ともマスクを外して顔の確認をする。

「久しぶり。友一君」

「本当に」

「あの還暦同窓会、以来」

「ああ、あのとき会っているから、わかったのかなあ」

言いながらマスクをかける友一を見てこちらもマスクをかける。まじめな性格そのままだ。

「還暦同窓会でニアミス程度で会ったきりなのに、わかってくれるなんて。やっぱり同級生だね」

お互いに半歩下がったのはソーシャルディスタンスを保つためだ。

「こちらへ戻ってきたの？」

「母親がね。入院して手術を受けたんだ」

「まあ大変」

「昨日手術受けたからその説明を聞きに来るように連絡もらって」

「お母さんが？　どこの手術」

「骨折。一昨日救急車で運ばれたとかで、昨日こちらへ来たんだ。なんだかわけがわからなくて」

あの優等生浦野友一はたった1人だけ名古屋の名門と言われる高校に行ったという

記憶の引き出しが開いた。たぶんエリートの人生を送ったであろうこと、妹さんが早くに亡くなり、たまにこちらへ来ているらしいこと。このコロナ禍で帰省もままならなかっただろう。突然の母親の事故でこちらへ駆けつけた。ここに1人でいるということは、妻は同行していないということか。

「和歌ちゃんは？」

着ているかっぽう着の胸を見せた。「きずなの会・ヘルパー　青山和歌子」と刺繍されている。

この病院のボランティアのエプロンと割烹着を参考に「きずなの会」のヘルパーはかっぽう着着用で仕事をすることにした。

「ヘルパーって、介護する人？」

何かを思い出したように友一が「ああ」と小さく頷く。

「和歌ちゃん、介護の仕事をしてるとか、同窓会で言ってたよね」

ほっとしたような友一の表情に明るく返す。

「友一君とこは、おばさんはひとり暮らしだったんだよね。妹さんが亡くなられたとか」

「よく知ってるね。そうなんだよ。息子なんて当てにならないね。今回だって、救急車で運ばれて、病院からの連絡で3年ぶりに母親の顔を見たなんて、我ながら恥ずかしい話だと思うよ」

中学の卒業以来、還暦同窓会まで会ったことがなかった同級生。あれから5年。偶然の再会でもなぜか心を通じ合わせることができる。これが同級生、幼なじみというものか。自分の置かれた窮地を話していた同級生の浦野友一の視線が自分を通り越した。そして自分の肩に手をかけて廊下の壁際に寄った。患者を乗せたベッドが通り過ぎていく。かなり高齢の男性が点滴を受けたまま運ばれていく。入れ歯を外した半開きの口、白い無精ひげがいかにも哀れだ。彼がベッドから起きて歩く未来はあるのだろうか。ベッドを運ぶ看護師の背中を見送る友一に声をかける。

「お母さんはどこを骨折されたの？」

「大腿骨折と聞いてるけど。詳しくは何もわからない。手術中は待機するように言われて、1人で待ってたんだけど、手術が終わって出てきて目の前を通り過ぎて行っただけ。お互いに顔の確認をしただけ。あとはお疲れ様、お帰りくださいって。こんな時だからしかたないかなとは思うけど」

3年ぶりに顔を見たと言うことは実家に戻ったと言うことではない。戸惑いと不安を共有できる人がいないらしいと判断する。

「で、今日は今の経過、これからの説明を受けるわけね」

「そう、午後1時という約束」

1時までにはまだ30分近くある。律儀な性格はあの優等生の浦野友一らしいと思う。この性格というものはＤＮＡによるのか。

アルツハイマーと付き合って5年、ヘルパーとして高齢者と接して10年。自分なりに性格と人格について考えるようになって、現在の自分がたどり着いている結論。

性格とは生きてきた結果の人格なのか。それとも今流に言えばＤＮＡによるものか。同窓会で会う人の多くが「変わらないねえ」とか「お前、成長ないな」「昔と同じだねえ」となつかしく親しげに言い合う。性格というのは生まれつきのものかもしれない。その性格にそれぞれの体験や経験の記憶装置が働いて人格が形成される。つまり人格は生きてきた結果なのだ。ヘルパーの助けを借りなければ生きていけなくなるような状態になるとその人の人格でおおわれていた元の性格が顕わになるのか、病気による変化なのか。完全な認知症になってしまえば性格も人格も消える。まったく違う性格や人格となってしまうことは夫から学んだものだ。

同級生との偶然の再会。これも神様の何らかの計らいかもしれない。恵子さんの検査もそろそろ終わる頃か。病院でこれ以上の立ち話もできない。とっさにポシェットから出した名刺を友一に渡した。

「たぶんこの病院を退院してからリハビリ専門病院に転院することになると思う。その後が大変なの。その前にわたしを思い出して」

手にした名刺を眺めながら「ありがと」短く答える友一はまだわかっていない、と思った。

「リハビリをしてもみんなが元のように歩けるようになるわけではないのよ」

「車いすになるということ？」

少しだけこれからのことが想像できたらしい。本当に男という生き物は何もわかっていない。と心の中で愚痴る。

「とにかく、これからが新しいことの発見だと思って。困る前にわたしに連絡して。我がきずなの会は市内一番のヘルパーステーションだと自負してます」

最後の一言は福祉法人の宣伝でもある。同時に同級生だから言える言葉でもあった。

「ありがとう。ここで同級生のヘルパーさんに会えたのは運がいいのかな」

「介護で一番大事なのはなんだと思う？」

「なんだろう」

マスクの上の目が上を見て下を見た。何か閃いたように「紙おしめ？」と不安げに答え、「車いすかなあ」と迷っている友一を笑った。

「友一君って、わが子のおしめ替えたことある？」

　少し考えて困ったように右手で後頭部を撫でる友一の目が笑う。

「替えたことはあるよ」

「あの頃の子育て時代って、紙おしめが普及し始めた頃よね」

「うちのは、けっこう布おしめを使ってたけどね。夜は紙だったような」

「まあ、りっぱな奥さんね」

　妻を褒められて照れ笑いをする友一にゆっくり言った。

「がんばらないこと」

　友一の目がこちらを見たまま止まった。

「介護ってねえ、がんばり過ぎると長続きしないの。適当に自分と介護する人にとっての良い加減を見つけるの。いいかげんじゃないのよ。自分と相手にとっての良い加減を見つけるの」

「良い加減、良いかげん？」

「そう、い・い・加減を見つけるの」

　そのとき、検査室のドアが開いて、谷沢恵子の車いすが見えた。

「じゃ、利用者さんの検査が終わったから。来てくれる前に電話をしてね。こうしてヘルパーで出てる時が多いから」

友一を廊下に残して、検査技師から谷沢恵子さんの車いすのハンドルを受け取った。

「青山さん」と声をかけられる。こんな時は昼をどこかで付き合ってほしいという申し出だ。

「美味しいもの、付き合ってもらえる？」

「いいですね。今日は何にしますか」

「わたしね、美味しいうどんが食べたいの」

「じゃ、あの末広亭に行きますか」

「うれしい。たまには美味しいもの食べなくちゃあね」

月に一度の通院の帰りがけにランチ。恵子さんの大きな楽しみにつき合う。割増の料金はかかるが、飲食代は割り勘である。

会計をすませて病院から10分ほど走り、「麺処末広亭」に着くと1時過ぎだった。ちょうど客足が引いたところだ。恵子さんは介助すればゆっくり歩くことはできる。転倒防止のためヘルパーが付き添うときは車いす使用となっている。何度か来ているので店に入れば店員がいつもの席の椅子を二脚外してくれる。

「今日は釜揚げうどんの姫御膳」

「いいですね。わたしも同じもので」

　釜揚げうどん御膳はうどんと天ぷらと刺身という定食だ。うどんも天ぷらも刺身も少量になるのが姫御膳だ。体重を気にしている人や少食になった高齢者に人気のあるメニューらしい。麺のゆで上がる湯気の匂い、天ぷらを揚げる匂い、かつおだしの匂いを体にしみこませるように恵子さんが「いい匂い」と目を閉じて大きく息を吸う。

　テーブルの端に供えられた調味料。


　病院の帰りに隆二郎とこの末広亭に寄ることが多かった。マグロの刺身を前にして、醤油とソースの瓶をじっと見ていた目が左右に揺れ、止まった。そして醤油をつけずに大好きなマグロをそのまま口に入れた。いつもとちがうマグロに妙な顔をしながら咀嚼は続けた。隆二郎の中でマグロには何かをつけるという記憶はあったが、それが醤油かソースだったか思い出すことができなかったのだろう。

「醤油はこれなんじゃない」

　醤油入れの器に醤油を入れた。

「ああ」

醤油をつけたマグロをぱくりと食べた。満足げな表情にこちらもほっとする。味覚の記憶は残っている。せめて「うまい」という感覚だけはいつまでも残るように祈った。

末広亭に来るとよみがえる記憶だ。

食べるということについての認知症状はいろいろな形で出た。

まだ病気とは気がつかなくて、物忘れ、ぽっかりミスが多くなったような気がしている頃だった。カレーライスを前になかなか食べようとしない隆二郎に「どうしたの」と声をかけた。

「ソース」という隆二郎の顔を見た。

「ソース？」

「ソースは？」

カレーライスをカツカレーにしてもソースを出したことはない。

「どうするの。ソース」

「だって、カレーライ……」

自分の言葉にはっとしたように言葉を切った。

「ああ、ごめん。まちがえた。子供の頃、カレーライスにソースかけてなかった？」

ずいぶん小さい頃はカレーライスにソースをかけていたような気もした。美味しいカレールーが発売され「ソースをかけなくてもおいしいカレーライス」が自宅でもできるようになったのは小学生の頃だったか。

「なんで、そんな子供の頃のこと思い出すの」

冗談ですませたが、あれも病気の前兆だった。

隆二郎の記憶は新しい記憶から消えて行った。今のこと。昨日のこと、去年のこと。記憶の底にへばりついていたのは子供の頃のことのようだった。熊本から取り寄せた甘いソースのような醤油をつけたマグロをうまそうに食べた。毎日でも甘醤油をつけたマグロを食べたがった。舌に残る味覚の記憶が消えることは最後の最後なのかも知れないとわかってから、隆二郎が「うまい」とうれしそうな顔をすることを中心にメニューを考えた。

あの日も朝食は熊本から取り寄せたみそのみそ汁と辛子レンコンだった。そして病院での失禁。そのことをケアマネージャーに報告すると施設入所を進められた。少し前から勧められていた。が、もう少し何とかなると、頑張る気持ちを抱いていた。

「もう家では限界ですよ。これ以上がんばらないでください」

ケアマネージャーの言葉を心の底では待っている自分を知っていた。

入所して、1年ほど過ぎた頃、嚥下障害で救急車で運ばれたと連絡を受けた。病院に駆けつけた時、隆二郎はほぼすべての記憶を封印したまま旅立っていた。息のできない苦しさの中で、隆二郎は何かを思い出したのだろうか。思い出したとしたらどんなことか？　おそらく、自分との生活ではなく、母親や父親に守られていた頃のことではないか。人間の人格とか性格は原風景の中から出発するものなのかも知れない。壊れかかっていく隆二郎との5年の暮らしの中で、たどり着いた思いであった。隆二郎は原点に戻って、父母のいる天国へ旅立ったのだ。そしてすべての記憶の鍵を取り戻した隆二郎はいつかはわたしも行く天国でわたしを待っていてくれるはずだ。出会った頃のすてきな隆二郎として。

運ばれた姫御膳のお盆には割りばしと子供用のスプーンとフォークが乗っている。

「いただきます」と恵子さんが手を合わせてから、フォークを手にする。

「ゆっくり食べましょうね」と、どんな利用者にも食事の前には声かけをする。

4 平野正平 ——初任者研修——

同窓会のホテルを出て、青山和歌子の事務所に寄るつもりになっていた。「看板があるから」と聞いていた道は病院へ行くときに通る道だ。昔風の農家が点在する地域だ。敷地を囲む伸び放題の生け垣。通りに面した出入り口になっている生け垣の切れた部分の端に看板はあった。昔の農家風の大きな母屋が広い敷地の奥にでんと構えている。軽自動車が5台、ワゴン車が2台並んでいる。一番手前のスペースに車を止める。母屋の東側にある西向きの建物は昔、納屋として使っていた建物だろう。その入り口に「きずなの会」という看板を見つけた。腰板の上はすりガラスという引き戸の前に立っていると、1台の車が走り込んできた。

「正平君」と窓を開けて手を振る和歌子の顔にほっとした。

「早かったね。来てくれてありがとう」

若草色のかっぽう着の胸に「きずなの会」という文字。

「さあ、まずは事務所を見て。相談はあちらで」と母屋の方を指さす。

事務所は長細い。入り口から左側にはスチールの事務机が向かい合わせに8つ並んでいる。１人の男性と２人の女性がこちらを見て、ちょこんと頭を下げる。入り口の右側には、パソコン、コピー機など事務機器が並んでいる。

「広いんだね」

「理事が３人、正規の人が６人、あとはヘルパーさんが何人かな？　登録はしてても仕事に出られない人もいるから。登録だけなら20人以上はいると思う」

20人もの人を雇用している法人の理事長がこの青山和歌子かと思うと、昨日の還暦同窓会での堂に入ったスピーチも頷ける。

「事務方さんは正規なんだけど、みんなヘルパーの資格は持ってるから、いつでもスタンバイＯＫよ」

「いつでも？」

「ヘルパーさんが急に出られなくなったときとか、いろいろあるのよ」

「で、理事長の和歌ちゃんもヘルパーとして出るわけ？」

「わたしは、理事長としての仕事よりは、ヘルパーとして出る方が好きなの。だから中の仕事はあの山田さんにまかせているの。ね、山田さん」

山田と呼ばれた50代らしき男性がちょこんと頭を下げた。

「みんなに紹介するね。この人は平野正平さん。昨日の同窓会で意気投合した同級生なの」

意気投合したという言葉に首をかしげる。

「正平君はね、ヘルパーのエキスパートよ」

何を言いだすんだ、この人は、と和歌子を睨んだ。

「お母さんと奥さんを介護するために定年前に仕事を辞めて、今は介護専門の毎日だそうです」

事務所にいた人の目がこちらに集中して、いたたまれなくなる。

「じゃ、今から相談室へ行きましょう」

事務所を出て母屋へ向かう和歌子に従う。

木製の引き戸を開ける。玄関の左側の8畳の二間続きの部屋。奥の部屋は仏間になっているはずだが、この家の仏壇はここにはないだろう。

畳の部屋にダイニングテーブルと椅子が8脚。奥の仏間には二人掛けのソファが二つ並んでいる。

「ここはね。ヘルパーさんたちの休憩所。仕事と仕事の間に時間が空いてしまうことが多いからここで待機してもらうの。茶を飲んだり、昼寝もできるのよ」

「至れり尽くせりだね」

「前の事務所は安い家賃でせまい場所でやりくりしていたの。その頃、この家のご主人さんをお世話をしてたの。で、その方が亡くなられて、その息子さんから申し出を受けたの。ここを事務所として使わないかって。このまま空き家として放置するか、壊すしかないけど。役に立てるなら、おやじも本望だろうから、って。この家の固定資産税はこちらが負担するという条件で前の賃貸と同じ料金で借りているのよ。母屋を事務所にと思ったけど、いちいち靴を脱ぐのも面倒だから、納屋を改造したの。その費用も家主さんが負担してくれたの。家賃をもらうから、あたりまえですって」

「親切な人だね」

家主は自分に代わって親の面倒を見てもらったことに満足していたのだろう。

「この広い敷地と事務所とこの大きな家。あの３ＬＤＫのアパートの一室と同じ家賃。信じられないでしょ」

このまま空き家のままにしているより、固定資産税を払わなくて済む、いくらかの家賃ももらえる。この広い敷地の除草などを業者に頼む経費も不要となる。双方にとってリスクはない。

「いい話だね」

「そう。ありがたいわ」

それ以後は和歌子から押し切られるような形でヘルパーの資格を得るための「初任者研修」のパンフレットを渡された。

「ちょうど3月から始まる講座が体育館の会議室で始まるのよ。期間は3か月。毎週土曜日と日曜日。大丈夫よね」

ヘルパーの資格を得るために「初任者研修」を受講中は母も妻も2泊3日のショートステイを利用することになる。土曜日、日曜日のショートステイできる施設を和歌子が探してくれるという。

妻が倒れてあわただしく会社を辞め介護の生活に入ったのは10月。1か月も過ぎないうちにくじけそうになった。息子が2人、娘が1人。妻が倒れた時は駆けつけてくれた。介護生活になり、日曜日や仕事が休みの日に来てくれた。が、手伝ってもらうことも特にない。いちばん上の長女はまだ独身の32歳。たまに帰っても睡眠不足を補うために帰ってきたようなもので妻に洗濯物を頼み、一日中寝ていたような娘だ。父親の介護の様子を見て口は出すが手を出そうとはしない。結婚3年目の長男の嫁の妊娠がわかったのがお盆。大阪の調理師学校を卒業してまだ修業中の二男は帰省する余裕などない。

「まずは父さんがなんとか、がんばってみる」

痩せ我慢の父親に娘は言った。

「今は介護保険もあるし、助かるよね。でも、父さん何かあったら連絡してね。できることはするから」

「今はヨメさんがつわりがひどくて大変だけど、生まれてしまったら俺たちもできる協力はするから」

娘と長男に頭を下げた。当てにするわけにはいかないと覚悟もした。以来、孤軍奮闘というよりも施設利用と訪問ヘルパーさんに助けられ何とか年を越せた。同窓会への出席を勧めてくれたヘルパーの由紀子さんに初任者研修を受講することを話してみた。

「いいです。すてきです。今の正平さんにはいい息抜きになると思います。講座で一緒に勉強する人との交流もなかなかいいと思いますよ」

力強く勧めてくれた。

3月1日の日曜日から始まった講義は1日も休まずに受講できた。23人の受講生のうち、8人が男性だった。6人ずつのグループ分けだ。

ゆり子さんは受講生の中の最高齢。68歳の自分に活を入れるために受講。

40代の清治さんは大病を患い休職中、離婚、退職。再就職のための受講だった。

「せいじ、ではなく、きよはる、です」と名前を強調。

子育ての区切りがついたら介護の職で再就職したいという30代のママ、さやかさん。

玲奈さんは看護学校を中退した19歳。

夫と娘さん2人と82歳の舅さんの5人家族、施設にいる舅が家に帰った時のために介護のノウハウを勉強したいと紹介した後に「半分は好奇心です」と明るい55歳の道子さん。

座学だけでなく、実習のある講習はグループのチームワークのようなものが生まれ、特別に親しくなれる。朝9時から4時までびっしり講義を受ける。昼食は会場内でという決まりになっていた。独身の清治さんとオレは初めはコンビニ弁当だったが2日目からスーパーで買った総菜に一品だけ手作りという弁当になった。おにぎりと漬物と夕べの残り物というゆり子さんとさやかさん。玲奈さんはかわいいピンクの二段式の弁当箱に少しずつの料理が色目良く並んでいる。インストラクターから「玲奈さん、こんな料理を作ってあげると利用者さんは大喜びですよ」と言われはにかむ玲奈さんは受講生の中で一番若い。無口なはにかみ屋さんだ。小振りな重箱のような容器におかず満載の道子さんは「食べてみて。これわたしの自慢」と手作りのおかずや「これはね、お取り寄せした」と珍味などをふるまってくれる。コンビニのおかずや自家製の漬物を交換しながら、講座内容や実習のことが話題になった。それぞれの事情を抱えているが、講座を受けているということに関してはみな同じ土台に乗っている。

ゴールデンウイーク真っ最中の講座も欠席者はいなかった。ゴールデンウイーク明けの試験が終われば終了する。最後のランチタイムはどのグループもいつも以上に楽しそうだ「もう終わりだねえ」「さびしくなるね」という言葉が時々聞こえた。

オレには朝から夕方まで母親のことも妻のことも考えずにいられることが一番楽しかったのかも知れない。

「再来週になると終わりでしょ。その次の週の日曜日なんだけど、この音楽祭に行かない。チケット代はいいの。どちみちわたしは5枚買うことになっているから。会場を埋めるために行ってくれるだけでいいの」

道子さんが一枚のチラシを5人に配った。「市民音楽祭」とある。保育園児の合唱、小学生の器楽演奏、大正琴、市民コーラスのグループがいくつもあることに驚いた。正直、興味はない。他の4人の反応も似たようなものだ。あからさまに断ることもできない。

「すごいね。保育園児からじいちゃんばあちゃんたちまで出るんだね」と、ゆり子さん。

「年金もらって、まいにち歌や楽器のお稽古かあ。うらやましいよ」と、清治さん。

「この保育園はうちの子も通っていたの」と、さやかさん。

どんなときも自己主張はしない玲奈さん。

「この8番目の合奏、ってね、施設のお年寄りの演奏なのよ」という道子さんの声に
5人がチラシに落としていた視線を上げた。

「施設って、老人福祉施設？」と清治さん。

「そう、今中病院が経営しているまどかの里に入所している人たちの鈴の演奏なのよ」

鈴の演奏というのがオレにはよくわからなかった。「できるの？」というさやかさんの声と「できるんだ」という清治さんの声が重なった。

「おもしろそうかもしれないな」

道子さんの誘いに乗る、というよりせっかく仲間になれたのに講座が終われば解散という心寂しさから出た声だった。

「みんなで卒業ランチをかねての音楽会もいいじゃない」

さやかさんの言葉に皆の顔がほころんだ。

「玲奈さんも行ける？」と道子さんが玲奈さんに顔を向けた。

「大丈夫です」と小さな声。

5月の最後の日曜日、11時に待ち合わせてイタリアンでランチ。13時30分開場、14時開演の市民会館に集合してから清治さんのワゴン車一台に乗ってイタリアンレストランに行くことになった。

音楽会などというものに誘われたことはない。行くことも初めてのことだった。60歳と40代の男性、68歳、30代、そして19歳の女性とのイタリアンのランチと音楽会。オレにはすべてが初体験だ。いくつになっても初めてのことはどきどき、うきうきだ。

前菜というものがビュッフェ形式とかで、大皿に用意された料理を自分で取りに行くという。こんなレストランも初めてだ。身長178センチ体重85キロという清治さんの食欲にみな圧倒される。小柄な道子さんの大もりの皿にも驚かされる。玲奈さんの意外な食欲。生野菜は苦手というさやかさん。弁当を一緒に食べていた時とは違う。

「清治さん、受講中の弁当、あれで満腹になってたの？」

さやかさんに言われて二皿目を取りに行こうとした清治さんが笑う。

「勉強中は腹まんぱんにしないのが俺の流儀」

清治さんに次いでオレもビュッフェに足を運ぶ。

二皿目を食べながらオレは言った。

「ここって、うまいんだけど、ひとつ不満がある」

ハムを口に入れながら、清治さんがこちらを見た。

「何が不満？　こんなにうまいのに。オレは仕事辞めてからこんなレストランで食事なんて初めてだから、うまいし、楽しいけどな」

「スペースだよ」

「スペース？」

さやかさんがカップスープを手にキョトンとしている。

「車いすでは入れないよな」

5人が店内を見回す。

「そうだね。通路がちょっと狭いよね。ビュッフェ形式というのも車いすでは無理があるね」

さやかさんの声を聞きながら、店内を見回した玲奈さんがゆっくり振り返りながら道子さんの顔を見る。

「テーブルもちょっと無理かもしれませんね」

玲奈さんの言葉に5人が店内を振り返る。

二つ並べた小さなテーブルが4人席。テーブルとテーブルの間には脚がある。車いすを入れることはできない。

玲奈さんの指摘にヘルパー講座を修了したばかりの5人は頷きながら店内を見回した。

「玲奈さん、あなたはエライ」

道子さんに次いでさやかさんも玲奈さんの肩をそっと叩いた。

「わたし、食べることに夢中になってそんなこと気がつかなかった」

「俺も気がつかなかったなあ」

山盛りの皿を持ったままの清治さん。

いつも妻の車いすを押しているオレさえも気がつかなかった。19歳の玲奈さんに教えられたことに、心が熱くなった。

食事を終えると会計がすまされていることがわかった。トイレに立つふりをして、道子さんが事前に会計をすませていたのだ。

「今日はね、この音楽祭に来てくれたお礼よ。実はね、舅が出るのよ。だからチケットのノルマがひとり5枚。今日は来ていただいてありがとうございます。舅名義の土地が道路拡張のために売れたのよ。だから、今、我が家は土地成金なの。生まれて初めて音楽祭に出る舅の感謝の気持ちだと思って、受け取って」

「ありがとう。ごちそうさま。お義父さんの演奏、楽しませてもらうわ」

出した財布を閉じるゆり子さん。

「大金持ちの道子さんに感謝です。ごちそうさま」

清治さんの大きな声に4人が口々に礼を言った。

音楽祭の8番目の演目

―ゆうやけこやけ　　まどかの里の村人―


7番目の演奏は保育園児の元気いっぱいの歌声につい頬がゆるんだ。園児が舞台を去り、幕が下りた。幕の向こうでまどかの里の村人たちの演奏の支度をする物音が聞こえる。物を運ぶというよりもいくつもの足音に交じって人の声が漏れ聞こえてくる。

幕が上がる。落ち着いた裸電球のような黄色の照明の中にお地蔵様がずらり。首からすっぽりかぶった薄墨色のカバーマントのような衣装。同じ色のサンタクロースのような帽子の先には赤いボンボン、同じ色のフリルが首回りをあしらう。かさこ地蔵のようなお地蔵さまが20人ほど、二列に並んでいる。前列と後列の顔が見えるように交互に配置された椅子。両端に数台の車いす。車いすに付き添うような女性も同じ色のエプロンと三角巾。ピアノの前にはシンデレラのような若い女性。白熱灯の濃い黄色の照明が照らし出す顔、顔。どのお地蔵様も真正面を見据えている。お地蔵様の衣装の袖口から出した手は修験者の錫杖を短くしたような鈴を握りしめている。舞台の左端から歩いてきたナース姿の女性が指揮者らしい。小柄な引き締まった体に白衣がよく似合っている。両手を挙げて、お地蔵様を1人1人確認するように右から左をゆっくり見回す。お地蔵様たちの視線がナースに集中する。ナースとお地蔵様の息が合ったらしい。ナースが大きく頷いてピアニストに合図すると、ぽろんと音が響く。「ゆうやけこやけ」。日本人なら誰でもが口ずさむことのできる曲だ。イントロから歌い出しの音に合わせてナースが背伸びをする。お地蔵様の錫杖がいっせいに鳴る。鈴の音色の余韻が残る中でピアノの音は続く。次のフレーズの出だしの音に合わせて指揮者ナースの手先を見つめ錫杖を振るお地蔵様たちの緊張感が伝わってくる。ピアノのメロディに合わせて鈴が鳴る。音の余韻がまた音を呼ぶ。誰でもが口ずさむことのできる曲を施設に入所している高齢者が鈴を鳴らしてるだけの音楽。孫のような若い女性の指先を見つめ、懸命にその指示に沿うように鈴を鳴らす。

それだけの音楽にこれほど感動している自分が不思議だった。

お地蔵様の衣装は今この舞台で光り輝いている人たちの生きてきた時間を覆い、今ある時間だけを見せるための衣装なのだ。お地蔵様たちの生きてきた時間がどのようなものだったか。無邪気に「ゆうやけこやけ」を歌っていた頃から今日までそれぞれに過ぎてきた時間。社長だった人も、何かの研究に一生をかけた人も、オレのように工場で機械の部品を作り続けた人も、あるいはホームレスとなり餓死寸前に施設へ収容された人もいるかも知れない。今この瞬間。この舞台に立ったお地蔵様は同じ思いで孫娘のようなナースの指先を見つめている。こんなに光り輝く瞳で。

会場からの拍手は保育園児の歌声のときよりも迫力があった。「まどかの里の村人」の演奏の後、主婦や老人のコーラス、市民オーケストラ、小学生の合唱や中学生、高校生のブラスバンド演奏もオレにはよくわからない。隣席の清治さんの居眠り、その向こうの道子さんもかなり眠そうだ。

「今日は、ありがとうございました」と頭を下げる道子さん。

「オレなんか生まれて初めてこんな音楽会に来たんだけど、まどかの里の村人さん、あのナースの格好で指揮してた人は看護師さん？　それとも音楽関係の人？」

素直な疑問だ。道子さんが恥ずかしそうに笑う。

「指揮は施設の介護士の野菊さん。ピアノは看護師の美里さん」

５人が道子さんの顔に集中する。

「指揮をしていた野菊さんがリハビリにと音楽を取り入れようとしたの。はじめは童謡を歌ったりしてたんだけど、歌って、恥ずかしがって声を出さない人もいるそうなの。それでいちばんシンプルな鈴は？　ということになり、美里ちゃんがピアノでメロディを弾くとなんとなく、みんなが関心を持つようになって。もちろん歌っている人もいるのよ。うちの義父は脳梗塞で右半身が動かないけど、認知はひどくないのよ。だから左手で鈴を持っていたの。わたしは週に一度施設へ行くだけなんだけど、なんとなくなんだけど、なんとなくみんなの表情が生き生きしてきたような気がしてるの。そんな話をしたら、主人がね市役所の職員なんだけど、今市民会館の事務所にいるの。市民音楽祭に出てみないか。って」

　老人福祉施設の入所者の音楽会という奇跡のような物語の舞台裏の話に誰もが聞き入っていた。

「でも、すごいよ。オレ音楽を聴いて涙が出るのって、初めてだったから」

　素直な感想を述べた。

「俺も初めてだよ。車でジャンジャン音楽を聴くよ。でも、全然違う」

　清治さんの素直な声も心にひびく。

「あんなピアノ、弾いてみたい」

　玲奈さんの言葉にさやかさんが玲奈さんを見た。

「玲奈さん、ピアノ弾けるの」

さやかさんの言葉に小さく頷く玲奈さん。

「わたし高校は春山高校なんです」

「春山って、音楽科のある高校だよね。音楽科なの」

うつむいたまま頷く玲奈さんにさやかさんがさらに質問する。

「何の専攻だったの」

「ピアノ」

オレなんかにはわからない世界だろうけど、たぶん玲奈さんはピアニストを夢見ていたんだろうな、と思った。ピアノを習っている子供がピアニストに憧れるというのもわかる。高校からピアノ専門の科に進んだ。そして大学は音楽の道ではなく、看護師の学校を選んだ。そして中退。そんな選択と決断。親や周囲の大人たちとの軋轢の中で玲奈さんは悩み苦しんだのだろうというのはオレにもわかる。

「今日のあの演奏会、よかったです。あんなピアノを弾いてみたいと思いました」

3か月間、一緒に受講してきて、玲奈さんの声を初めて聞いたような気がする。質問には「はい」とか「うーん」と首を傾げたりだけだった。文章になるような言葉というものを聞いたことはなかった。うつむいたまま涙ぐむ玲奈さんの肩をさやかさんが抱きしめた。

「介護の世界でお年寄りの人たちに玲奈さんがピアノを弾いてあげたらきっと喜ばれるよ」

　清治さんの頬に光る涙を見ていた。


　あんなに感動的な「初任者研修」とその仲間たち。でも、あれからあの6人で会ったことはない。グループメールで近況を報告しあう程度の付き合いになっている。その近況報告もほぼ消えかかった秋、人生に切羽詰まっていた清治さんが病院経営の老人福祉施設に正規雇用されたというメールにはみんなが「おめでとう」「よかったね」という言葉とスタンプが交錯した。再就職して半年ほどたった春、清治さんから准看護師養成の専門学校へ合格したというメールが届いた。施設から勧められたという。通学のための便宜は図ってくれるということ、准看護師の資格を取ったらその後に継続勤務を頼まれているという。言いかえれば長くそのまま勤務できるということに清治さんは喜んだというのもあたりまえのことだ。

　それから2年後、清治さんからメールが届いた。晴れて准看護師養成専門学校の卒業写真だった。同級生となった若い女性に囲まれた清治さんの卒業写真に5人はお祝いメールを送った。

オレのメール。

―心からおめでとうございます。病気になったことが人生の転機になったんですね。若い女性に囲まれた2年間、うらやましい―

エイーエイーのスタンプ、力こぶのスタンプが飛び交った。

―まどかの里の村人さんたちに感謝です。あの音楽会が転機になりました。あの鈴の音に励まされました。道子さんに誘われた、あの音楽会にみんなで出かけられたことに感謝です。ありがとうございました―

―あなたの努力の結果です。あの翌日、施設に主人と舅に会いに行きました。施設の人たちがみんな生き生きしているような気がしました。大勢の人に見てもらえた、関心を持ってもらえたことがいちばん良かったような気がしました。清治さんのこれからの活躍応援します―

―わたしも70歳になりました。施設に入るようなことになったら、清治さん、よろしくお願いしますね―

道子さん、ゆり子さんのメールに久しぶりにあの鈴の音を思い出した。２人はヘルパーの資格を取得した後も変わらない生活を送っているらしい。

海辺の元旅館を改造してできたという老人介護施設で働いている玲奈さんも22歳。さやかさんは社会福祉協議会で訪問介護ヘルパーとしてパート勤務している。

オレは青山和歌子という偉大な同級生の「きずなの会」で訪問介護ヘルパーと家で妻の介護と母親の施設への連絡に明け暮れるようになった。きずなの会で働くようになって半年ほど過ぎた頃、青山和歌子に言われた。

「お母さんの認知はこれから進むことはあるけれど良くなる可能性はあまりないと思う。もう限界なんじゃないかな。正平君はよくやったよ。ちょっと遠いけど、知り合いの施設に空きが出たの。お母さんをどうかなと、思って」

青山和歌子の申し出はありがたいと思いながら、施設に入れるということに何らかの罪悪感のようなものもあった。

由紀子さんの「潮時だと思います」という言葉に従うことにした。母は車で30分以上はかかる施設に入所することになった。

月に一度の持病の通院は家族としてオレが連れて行く。施設へ迎えに行って病院での診察。いくつもの科を受診すれば一日仕事となる。母親を病院へ連れて行く日はその前後含めて3日間は妻はショートステイのお世話になる。介護保険のありがたさと青山和歌子のおかげで介護に振り回されることも少なくなった。持病が悪化すれば入院。この頃の病院は入院中でも家族が洗い物を取りに行く世話がない。元々紙パンツ使用だから、入院着もレンタルだ。ベッドに伏したままの母親に声をかけても、目ヤニでふさがった皺だらけの瞼を面倒くさそうに開けるだけ。オレのことを息子だと、わかっていない。そんな姿を見ていると母親が「生きる」という拷問にかけられているような気もした。そんな母親に「じゃ、また来るから」という優しい言葉をかけられるようになれたのは青山和歌子のおかげなのだ。同窓会で青山和歌子に会うこともなく、あのまま2人の介護中心の生活を続けていたら、オレは新聞で有名になっていたかも知れない。

「介護に疲れ60代男性、妻と母親を殺害して自殺、なんて新聞に載ってさあ、自殺して死んじまえばいいよ。ひとりだけ生き残って警察での尋問、裁判そして情状酌量がついて、無期懲役。死ぬまで地獄の底を這いながら刑務所の中で死ぬ。なんてことにならなかったのは、青山和歌子様のおかげ」

きずなの会のヘルパーの休憩所でそんな冗談を言うことができるようになった。

介護保険と「きずなの会」特有の「介護保険ではできないお助けサービス」を利用する。金はかかる。母親の介護料金の不足分は母親の預金から捻出、妻の不足分はオレが賄う。それでも足りなくなったら、農協に預けっぱなしの先祖代々の田んぼを売ればいい。住んでいる家を売ってもいい。オレが死んだら空き家になるだけの家だ。そういうものへの執着がなくなった。しかし、田舎の女はエライ。オレの母はエライ。自分の老後にかかる費用くらいはちゃんと残してある。こんなに潤沢な介護を受けてもおつりがくるほどに。

母親も妻も見送って、オレは85歳くらい。自分が子供の頃や子供がまだ小さい頃の愉しい思い出、母親と妻との暮らしを1人静かに思い出しながら終わる。なんて夢を見ている。終わりの向こうに神様がいるのか、何もない無の世界が広がっているのか。そんなことはわからない。

でも、この頃もしかしたら神様はいるような気もする。

清治さんが看護師として介護施設で働くようになった8月。

母親が入院していた病院から電話があった。ヘルパーとして接骨院への送迎の仕事中だった。利用者さんは施術中でオレは車で待っていた時だ。病状が急変したという。家には妻が1人。ヘルパーさんが入っている時間帯だ。

とりあえず利用者さんを家に送り届けて事務所に戻る。事情を説明すると「じゃ、午後の仕事はわたしが行きますから。早く病院に行ってください」と事務所のスタッフ山田さんが引き受けてくれた。弟や妹、息子や娘への連絡は病院へ行ってから、と心に決めた。

「今回はそろそろ覚悟を決められた方がいいと思います」

医療機器に囲まれ、何本もの管を通された母親の姿に唖然とする。半開きの口でかろうじて自発呼吸をしている。

何をすることもなくベッドのそばのパイプ椅子に腰かけていた。主治医の「今日か、明日か、というところでしょうか。身内の方に連絡されますか」という言葉を考えていた。

妹と弟、娘と息子にメールを打った。

―さかえ　危篤、今日か明日かと主治医の言葉―

スマホの電源を切った。その気があれば来るだろうし、その気がなければ、それもよし。

夕方やってきた長男には「悪かったな」と声をかけた。8時過ぎに連れ立ってやってきた妹と弟には声をかけなかった。ベッドの両脇にオレと息子、母親の足元で妹と弟が立っていた。たまに看護師がやってきて機械の確認をするついでに顔を見る。10時近くになって病室にやってきた主治医の「かなり厳しいです」という言葉に妹は涙ぐむ。そして時間は日をまたいだ。母親を見つめる8つの目。そのときふと思った。

今ここにいる者は平野さかえという人間がふたたび元気になることを待ち望んでいるわけではない。その瞬間を見守るためにここにいる。母親や祖母が亡くなるのを待っているともいえる。そして考えた。母親はどんな思いで息をしているのか。わが子やかわいい孫に向こうの世界へ行くことを急かされているような気持ちになっていないか。

自分たちが母親にとって残酷なことをしているような気がしてきた。

母親の呼吸の異変を感じたのは息子だった。

「呼吸が少なくない？」

弟が時計を見ながら呼吸数を数えた。

「1分に6回って、少なくない？」

「人の呼吸って、1分に何回が標準なの？」と言う妹に息子が小さく答える。

「たぶん、12回とか、そのくらいだと」

「半分しか、呼吸してないの。先生に言ってくる」

妹は部屋を出て行った。そのまま母親の呼吸数を数えていたら看護師がやってきた。

「先生はさきほど帰宅されました。当直の先生に連絡しました」

看護師の後ろから白衣が見えた。

「あちらでもモニターで確認しています。心臓は微弱ですがまだ動いていますので」

若い医師の言葉にそこに居合わせた身内はみな頭の中が白くなったと思う。モニター、心臓はまだ動いているという言葉の意味を考える。

身内も医療者も心臓が止まる時を待っている。止めたいわけではない。しかし、待っているのだ。平野さかえという88歳の女性の時間が止まるのを待っている。

モニターの波形を見る。この波形がどのように変化するというのか。小刻みな小さな波形が直線になり、また波形を示す。呼吸数はさらに少なくなった。一度吸い込んだ息がそのまま止まった。妹が「母さん、息をしなくちゃ」と体をゆする。母親が吸い込んだままの息を大きく吐いた。そしてもう一度大きく息を吸い、止まった。当直の医師が入ってきた。聴診器を母の胸に当てる。慎重にゆっくり聴診器を動かす。聴診器を外した主治医が時計を見て時刻を告げた。

今まで母の終わりを見届けるためにここにいた4人の肩ががくりと落ちた。生と死のはざまというものがあるのかないのか。その瞬間、母は思ったかも知れない。「やっと向こうへ行くことができる。なんだかねえ、早く行け、ってせっつかれているみたいでイヤだったねえ」

母親を送ってオレは思うようになった。終わる時はひとりがいい。静かにゆっくり幕を引きたい。孤独死のニュースが流れると多くの人は「気の毒に」と同情する。死後経過が長くて、腐乱したりしているとそれを処置する人々には頭が下がる。亡くなった人には「あっぱれだよ。あんた。自分で自分の時間に大きなピリオドをしっかり打つことができたよね」と小さな拍手を送りたい。

5　老境ちるちる

思いがけない同級生との再会。車いすを押して歩いていく「なんでも屋の和歌ちゃん」、青山和歌子の背中を見送って、夕べ母親の手術中、待機していた部屋に急いだ。約束の1時までには15分ある。

部屋の真ん中の感染防止用パネルをはさんで2人掛けのソファが二つ。向こうのソファに腰を下ろした。先ほどの同級生青山和歌子とのやりとりを反芻しながら、5年前の同窓会のことを思い出していた。

還暦同窓会で同じテーブルに同席していたのは平野正平だったか。会が始まる前に、話し込んでいるような2人を覚えている。平野正平が母親と妻を介護していると話していたことを思い出した。その後、彼の介護生活はどうしたのか。今の自分ならもっとあの会話に入ることができたのに、と思う。これから始まるだろう自分の介護生活。あの同窓会で平野正平がいかに深刻な状態にいたか、今さらに理解した。

還暦同窓会の席上で「介護は仕事です。家事ではありません」と少し戸惑いながらも言いたいことは言う、と覚悟を決めた和歌子のスピーチは覚えている。若年性アルツハイマーの夫を介護した後に福祉法人を立ち上げたという。子供の頃の印象は「なんでも屋の和歌ちゃん」は背が高くていつも後ろの方だった。どちらかと言うと太り気味だったのになぜか運動会ではそこそこに活躍していたような気がする。目立つことをするわけでもないのに大柄だから目立ってしまう。その程度の記憶しかない。女は魔物というべきか。しかし、今日ここで福祉法人を運営している同級生に会えたということは神様の思し召し、とでもいうのかも知れない。いつか頼みにすることがあるかも知れない。

還暦同窓会で同じテーブルだった平野正平。

小学、中学校時代の彼の一場面が蘇る。中学3年生は和歌子も正平も同じクラスだった。平野正平の印象は6年生の運動会。地域別対抗リレーのアンカーでバトンを受け取った正平が3人か4人をごぼう抜きにした。その時の彼の気迫に満ちた顔。正平がこんなエネルギーを持っていたことに驚いたのだ。勉強も運動もそこそこにできて、大きくもなく、小さくもない。教室でも率先して手を上げるタイプではなかったが、指名されればそつなく答える。まあ、そんなところは自分と似ていたのかもしれない。少しやんちゃだったかもしれないが、目立つような悪さはしていなかったと思う。

中学3年生の1学期の定期テスト。数学の先生から男女別のあいうえお順に1人ずつ受け取った答案用紙。98点というできにまあまあと自己満足していた。男子の終盤になって、名前を呼ぶ前に先生が言った。

「今回、満点が1人」

自分の間違いはポカミスのようなものだった。誰かが満点を取ることもありうる。が、このクラスで自分の上を行く者がいるとは考えていなかった。

「平野正平、がんばったな」

先生から解答用紙を受け取る彼の嬉しそうな顔がバトンを受け取った6年生の正平に重なった。

2学期の期末考査も終わり、終業式間近の頃、「自分の思い描く将来」という1分間スピーチの時間に彼は言った。

「オレは数学だけは好きで、自信もあるけど、他の勉強は好きではありません。だから、オレは高校へは行きません。会社の養成工になって専門技術を磨いて、工場で働く一流の職人になります」

他の誰がどんなことをスピーチしたのか記憶はない。自分が何を言ったのかさえ記憶に怪しい。平野正平のスピーチは覚えている。あの頃、中学3年生の8割は高校進学を目指していた。数学で自分を追い越した正平が「高校へは行かない」と堂々と宣言する言葉の力強さに自分の小ささを見たような気がした。年が明けると、進学への熱の入れようは本格化した。親の勧めるまま、地元の高校ではなく名古屋の私立高校という選択に不安もあったが、親の勧める道を目指していた。

目標の私立高校の合格発表は母親が見に行った。学校間でも合否の結果は届いているはずだが、自分で報告に行くことになっていた。朝いちばんに、結果を報告するため職員室の戸を開けようとしたら平野正平が出てきたのだ。手にした封筒を大事そうに抱えて廊下を歩いていく学生服を見送った。

先生に合格の報告をした。担任の数学の先生が「よかったね。おめでとう。これで平野も合格したし、今年の受験は幸先がいい」という言葉に「正平君も合格？」と聞いた。進学しない彼が何に合格したのか、わからなかったのだ。

「養成工。あれくらいの規模の会社になると養成工になるのもなかなか難しくてねえ。現場を背負っていく技術者の養成だからな。浦野君の合格も大したもんだ。わたしの教員生活最後のいい思い出になる。ありがとう」

先生から言われた「ありがとう」に合格の喜びがこみ上げた。

3年ぶりの帰省。母親を見舞う病院で会った同級生の青山和歌子。彼女がどの高校に進学したのか知らない。5年前の同窓会で3人姉妹の長女だった彼女が「なんでも屋」の跡取りになったのではなく、九州出身の人と結婚したと耳にしたことを思い出した。

胸ポケットでスマホが震えた。佳子からのメールだろう。既読にして返信しないと後が煩わしい。メールを開くことをやめた。説明を受けてから返信すればいい。

ドアが開いて2人の女性が入ってきた。ひとりは昨日手術の説明をしてくれた浅野安奈医師だ。

「お待たせしました。昨日の手術は問題なく終わりました。1週間か10日ほどで退院できると思います。今は患部を固定させるためにプレートを使用しています。骨がつながったことが確認できたらそのプレートを取り除くことになり、その時はもう一度入院して手術ということになります」

プレートの形を紙に書いて説明する浅野安奈医師の指先を見ながらわかったような、わからないような気持ちになり「はあ」とだけ答えた。

「これからのことは杉沢看護師から説明します」と頭をぺこりと下げて、ドアの向こうに消えた。杉沢看護師の説明も完全に理解したかと言われれば「NO」まったく理解できていないかと聞かれても「NO」という程度にしかわからなかった。

この病院を退院してからはリハビリ専門病院への転院、そこでリハビリ。介護保険については骨折して手術という場合は身体状態が落ち着いてからの申請になるので、リハビリ専門病院のソーシャルワーカーに相談すること。家族として自分がやることは転院後のリハビリ段階を確認してからの介護申請、ということ。

医師と看護師からの説明は30分もかからずに終わっていた。佳子からのメールを読んで返信しなければならない。家へ帰ってからゆっくりやりとりすることも考えた。あの散らかし放題の部屋では落ち着けない。院内の喫茶店で一息入れることにした。

テーブルはすべて1人席で中庭に向かって置かれ、1人ごとに感染予防パネルが設置されている。2人で来てもガラス越しに庭を見ながらそれぞれにコーヒーを飲むしかないようだ。右端の席の自分と同年配の女性はスマホを操作している。左端の自分よりは年上だと思われる男女は夫婦か。会話もなく中庭を眺めている。その間には4人分の席がある。夫婦の席をひとつ離れた椅子に腰を下ろした。佳子のメールを開く前に孝彦に状況を知らせるメールを送った。そして佳子のメールを開いた。

―病院の説明は1時からだったよね。もう病院に着いた？―12：46
説明の時間は昨日、メールで伝えた。説明を受ける前のメールで何を聞きたかったのか、意味不明のメールに1時間遅れの返信を送る。

―今説明は終わった。約1週間の入院。骨がつながったら再手術の予定。その間はリハビリ専門の病院へ転院、との説明。介護認定の申請をするように言われた―

　自分としては長いメールになった。すぐに既読になった。

―介護申請。とりあえず市役所の福祉課へ行くといいよ―

―わかった。骨折の場合はどこまで治るか、状態を見てから申請だそうだ―

―そうか。お義母さんの場合は骨折だからね。入院中はどうするの？　そちらにいるの？　いったん家へ帰るの？―

　それを迷っている。こちらにいても病室へ顔を見に行くことができるわけじゃない。だからといって、何か不測の事態になったとき病院へ行くのに半日もかかるのも、どうかと思う。

―介護の申請にしても車がないと不便だし、金もかかる―

―そうね。一度家へ車を取りに行く？―

―その方がいいかなあ―

―行くなら明るい時間帯に運転するようにしてね。あなたは高齢者だから―

　今年の8月に65歳になった。

―おめでとう。これで高齢者の仲間入りだね。わたしは来年―

というメール。

―わかってる。高齢者だからね―

―お互いに親の介護生活、がんばろう―

力こぶのスタンプ。

来年の2月には佳子も65歳、高齢者になる。高齢者の夫婦が別居してそれぞれの親を介護する。若いときは考えもつかない事態だ。スープの冷めないところに住んでいた弟の嫁の機嫌を損ねてしまい、佳子が孤軍奮闘する羽目になったらしい。どんなやりとりがあったのか、具体的には聞いていない。まちがったことを言うわけではないが、佳子の言葉はストレートだ。弟の嫁の逆鱗に触れてしまったというのも、わかるような気もした。言葉は魔物だということを佳子はわかっていない。

佳子は向こうで母親の車を使っている。佳子の母親は自分の母親よりも3つ若かったか。85歳。初めての脳梗塞が一昨年だったから、82歳で倒れるまで通院や買い物に車を利用していた。あたりまえだろう。地下鉄もなくバスも少ない地方で車のない生活がどれほど不自由なものか。佳子の実家もこちらと似たような田舎町だ。車は必需品だろう。

スマホで時刻表アプリを検索する。今から家に帰り明日の朝、車で帰る。時間的にはちょうどいい。このままタクシーで駅へ向かうことにした。

実家ではなく、自分の家。通い慣れた最寄りの駅に近づくと昨日から2日間の緊張感から解放されたような気がした。ホームの夜空にぽっかり浮いた月が美しい。夜空を眺めるなんて久しぶりのような気がする。台湾で駅のホームを「月台」と表示されていたことを思い出した。退職した年、佳子と2人で台湾旅行をした。駅でやっと買うことのできた切符を手にどのホームに行けばいいのか、迷いながら「月台」という漢字がプラットホームのことらしいとわかった。言いえて妙だと感心した。駅を出てからも道に迷い、何度も同じところを歩いたりの失敗だらけの旅だった。「トラベル」は「トラブル」からきた言葉なので旅の中での失敗があってこその「トラベル」だと教えてくれたのは誰だったか。旅の思い出話は失敗したことの思い出。そんな旅を一年に一度くらいはしながらの老後生活を送るのだろうと思っていた。それぞれに遠くに親がいることも忘れて。能天気な夫婦だった。駅から歩くのも億劫でタクシーに乗った。昨日と今日のタクシー代金は1万円近くになる。年金生活者にとっての1万円は大きい。冷蔵庫は一昨日、かなりの物を処分した。夕食は近くのコンビニで調達すればいい。

長逗留を覚悟して自分の身の回りの衣類と布団をそれぞれスーツケースに詰めた。散らかし放題の家の片隅で転がっていたような布団よりも自分の布団の方がいい。朝食は高速道路のサービスエリアで食べることにして朝8時に家を出た。

夕べ、風呂でゆっくり考えた。

・リハビリ病院へ転院して介護申請の手続きが終わるまでは向こうにいる。

・その間にあの家を住めるような状態にすること。

・ある程度金がかかることを覚悟する。

退職金といくらかの蓄えもあった。家計は佳子に任せたきりだった。佳子の母が倒れて向こうへＳＴＡＹ　ＨＯＭＥという状態になったとき、自分から切り出した。今自分たちの持っている金銭を半分ずつそれぞれに管理、年金については定額をそれぞれの生活費に充てる。残りは国保税や固定資産税などに用立てる。65歳から支給される基礎年金はそれぞれに管理。お互いに親を抱えているからの策である。振り込まれる年金から定額を佳子に振り込むようになって1年。向こうでの暮らしの不足分は母親の年金と蓄えでやりくりする。

これからは自分も母親の介護中心の生活になるだろう。母が受給している年金と蓄えを削りながらの生活となることを覚悟する。が、母の家計を全く知らない。こんなことはどこへ相談に行けばいいのか。

考えても答えの見つからないことばかりだった。生活形態も経済感覚も五里霧中というのが正直なところだ。とりあえずすべきことはあの家を住めるような状態にすること。掃除をして、修理すべきは修理。

1時間ほど走ってやっと高速道路に入った。15分も走ればサービスエリアがある。ご飯、みそ汁、納豆、アジの開き、漬物、生卵で580円。だしの利いたみその匂い。アツアツのご飯に生卵を割ってかき混ぜる。その上に混ぜた納豆をのせ、さらにかき混ぜる。「うまい」と声に出そうなほどうまかった。アジの開きの焼き加減が絶妙だ。ご飯のお代わりは自由とある。二杯目のご飯はアジの開きとみそ汁で食べる。何があってもご飯をうまく食べられれば、ものごとは何とかなる。

高速を降りて約1時間、東野市内を走っているときメールが入った。

和哉からだった。

—29日にそちらへ行くよ—

不要不急の移動、とくに東京からの移動が制限された中でいいのか、と思ったがすぐに返信した。

—わかった—

年の暮れ29日に来るということはそのままこちらで正月を過ごすということか、という思いが頭をかすめたが、確認することはやめた。伊豆半島からよりも東京から来る方が時間はかからない。東京駅までどのくらいかかるところに住んでいるか、知らない。離婚してからのことは関心を持たないようにしている。

すぐに既読マークがついた。

年の暮れ29日、駅でマスク姿の和哉を見つけた。3年？　4年ぶりの和哉を一目で見つけられたことにほっとした。いくらか太ったようだ。ひとり暮らしの男が太るということがいいのか、悪いのか。

「元気そうだな」

「うん、おやじさんも元気そうだね」

「今は元気でいるしかないからな」

「ばあちゃんは？」

ばあちゃんの心配をしている。佳子から連絡を受けているのだろう。「お父さんひとりじゃ心配だから、和哉見に行ってよ」とか。たぶんメールではなく、音声電話で。

「わからない。手術が終わった時、ちらっと顔を見てから会っていない。病院から何も連絡がないということは順調に回復してると思うが、最初の説明よりも入院が長引いてる。まあ88だからな」

「へえ、そうなんだ」

「しかたないな。コロナだから」

「この頃は何でもコロナのせいにするんだよね」

「まあな、だが高齢者は用心した方がいい。コロナになってそのままイチコロならいいが、この年で後遺症で苦しみたくない」

駅の駐車場に着いて和哉が後部座席に鞄を置く。1泊2日の出張という鞄ではないことに気がついた。助手席のドアを開けながら和哉が聞く。

「車替えた?」

「ああ、一昨年だったかな。山梨のばあちゃんが倒れるちょっと前。前の車も10年になって、キリのいいところで、と母さんが言い出して。これが最後の車になるかも、と母さんが言ってたよ」

「そうなんだ。乗り心地は?」

「小さくしたから運転は楽でいい」

「こちらで1週間も何してるの?」

「これでも結構忙しいんだよ。介護保険の申請で市役所へ相談に行ったり、今の病院を退院した後の転院先の病院を見に行ったり、家を掃除したり。バリアフリーにするための家の改修のことも考えなくちゃいけないから、その資料を集めたり。本を読んだり。なんやかんやで忙しい」

「ふーん」

「和哉はここへは何年ぶりになる」

ポケットから小瓶を出して手にすり込みながら和哉が答える。消毒用アルコールを携帯しているのか、と少し驚く。

「たぶん、おばさんのお葬式かな」

葬式の時、和哉が就職した年だったか。式に参列するために来てくれたことは嬉しかったが、式が終わるとすぐに姿の見えなくなった息子と話をした記憶はない。

「そうか」

父親や母親の実家は大人になれば。単なる親せきの家なのだろう。

その時スマホに音声電話が入った。病院からだった。車内通話に切り替える。

「今日、ギブスが取れました。リハビリ病院への転院は1月4日になります。それまで自宅に戻ることも可能ですが、どうなさいますか」

「ギブスが取れて、どのくらい動けるんですか?」

「車いすでなら移動可能です」

あの家で車いすなんて無理だ。

「家は車いす対応になっていないので」

和哉が腕を突っつく。右手の指で「ＯＫ」サインを出している。

「ちょっと待ってください」と相手に告げ、電話を保留にする。

「俺が手伝うから4日か5日だろ。２人で頑張ろう」

3年ぶりに会う息子の申し出はうれしいが、どんなことになるか見当もつかない。広がる不安の中で相手方に答えた。

「息子が帰ってきたので、何とか頑張ってみます。でも準備があるので明日のお迎えでいいですか」

「結構ですよ。事前に連絡いただければ」

「わかりました。今出先なので、家に帰って準備を整えてから、連絡します」

電話が切れると和哉が言う。

「俺、この正月休みはこちらにいるから」

ここ数年顔も見たことがなかった息子と正月を迎える。母親と息子と一緒に正月を迎える。こんな現実が来ることは考えたこともなかった。胸がさわさわする。

「頑張ると言ってしまったが、どうすればいいんだ」

「とにかく、いろいろと揃えるものがあるんじゃない。紙パンツとか」

紙パンツくらいは自分でも思いつく。こんな息子と2人で動けない母親の介護。無理だなと思う。手術の後の説明を聞きに病院へ行ったときに会った青山和歌子。母親の介護認定を受けるためにとりあえず市役所へ行き、説明を聞いたり渡されたパンフレットを読んだり、そして家の掃除。不要なものをゴミ焼却場まで運んだり、頭も体も多忙だった。というよりも余裕がなかった。母親が家に帰ってきて、現実的に介護生活が始まったら連絡してみようかと頭をかすめたが、その段階に行っていないと思い込んでいたのだ。

「ちょっと思い出した。介護の福祉事務所をやっている同級生がいる。帰ったらそこへ連絡してみる」

家に帰り、車を止めた。

「鍵は掛けてないから、勝手に入っていいよ」

「鍵をかけてない？」

「泥棒が入っても逃げ出すような家だから、驚くなよ」

框を上がるとスリッパをはいた。こちらへ来てから3足1000円で買ったスリッパだ。古いスリッパは全部捨てた。

居間に入って和哉が「ひょー」と声を上げる。

「これでも、いろんな手続きをしながらなんとか片付けたんだ」

居間とキッチンに散乱したごみは捨てたが、壁にかかったカレンダーやら友人からもらったのか、自分で書いたのかはがきに描いた絵のようなものを何枚も貼り付けた発泡スチロールのボード、細かい布を何枚も貼り付けて絵にしたような手芸の製品、タペストリーというものかもしれない。そんなものを片付けるわけにもいかない。

「床に広がったものは一応片付けた。壁に貼り付けたものや、棚に載った郵便物やパンフレット、広告など何が大事で何が不要なのか、わからないものはそのままにしてある。キッチンのテーブルの古い調味料とか汚れたふきん、豆腐の容器なんかは全部捨てた。冷蔵庫と洗濯機は買い替えた。どちらもカビだらけだった」

「豆腐の容器って、何よ」

和哉の疑問はわかる。

「なんだかわからんが、スーパーで買う豆腐の容器が100個かそれ以上保管というか、捨てないで袋に入っていた。いつか役に立つと思ってたんじゃないか」

「ひゃあ」と言いながら脱いだコートをそのまま手に持っているのは、コートの置き場所を見つけられないからだろう。自分のコートのハンガーを鴨居にかけた。ハンガーを渡すと和哉も同じようにした。

「へえ、おやじさん、頑張ったんだ」

家のことは何もしなかった父親のイメージが少しは払拭されたかもしれない。

「俺もひとり暮らしになって1年だからな」

「そうか。母さんも何とか元気みたいだね」

「そうみたいだな」

居間とキッチンを見回しながら和哉がつくづく言う。

「これが年をとるということなんだ」

自分も、10年か20年先にはこんなになるのかもしれない。

「まあ、そういうことだな」

俺のことも頼むよ、とは言えない。

「電話をしてみるから」

2度目のベルで「きずなの会です」という声が聞こえた、青山和歌子かとも思ったが、「わたし、青山和歌子さんの同級生の浦野友一」と言うと「友一君ね」と明るい歯切れのいい声が聞こえた。

「わたし、青山和歌子です。お母さんのこと？　退院されるの？」

「そうです。転院まで明日から1月4日まで、家でということになって」

その後の説明がうまくできないで少し間があいてから出た言葉は悲鳴に近いものだったかも知れない。

「困ってます。助けてください。教えてください」

あまりに素直な言葉が出てしまったことに自分で驚いていた。

「大丈夫ですよ。今、どちらにいらっしゃいますか？」

くっきりした穏やかな声に一息入れて答えた。

「家にいます。車いすなら移動できると言われたんですが、昔ながらの家そのままで。今はやりのバリアフリーとは真逆のような家なんです」

「お母さんはいつ帰っていらっしゃるの？」

「明日です」

「じゃ、今からお家へお邪魔していいですか？　家の状態を見て、何が必要か考えましょう。とりあえず明日から3日か4日をしのぐための準備をして、その後のことはゆっくり考えることにしましょう」

「今からですか」

「家を見て必要なものを考えます。レンタルもありますが、この時期は市役所なんかはお休みだから、手続きなどは年が明けてからということになってしまうから。うちに用意しているものはお貸しできます。今から友一君の家へ行っていいですか？」

友一君の家、という言葉が嬉しかった。

「家、わかりますか？」

「わかります。同級生なのよ。駐車スペースはあるのかな」

「玄関前にそのくらいのスペースはあります」

「そう、じゃ30分後に行きますね」

和歌子の声に思い出した。英語の発音がきれいだった。英語だけでなく国語の時間の本読みもうまかったような気がする。言葉の歯切れがいいのだ。電話が切れた後も余韻が残る声だ。

エンジン音が聞こえてドアの閉まる音がすると「ごめんください」と歯切れのいい声が聞こえた。ウエストポーチ姿の青山和歌子が立っていた。やっぱり大柄だ。

「ありがとう、さっそく。助かるよ」

3足1000円で買ったスリッパの3足目を履きながら、青山和歌子は持参の消毒アルコールを手にこすり、ビニール手袋をかける。居間とキッチンを見回してから二間続きの和室へ行く。畳の上に散乱していた衣類や押し入れの寝具などはゴミ袋に入れて二階に運んだ。家から運んできた羽毛の掛布団とこちらへ来てから買った敷布団が敷きっぱなしになっている。それをあわてて畳んで、和哉のために買った寝具の上に置いた。

「この部屋のエアコンは使えるのかしら」

「それは大丈夫」

「この部屋にギャッジベッドを置くといいわ。ちょうど一台うちにギャッジベッドがあるから」

「ギャッジベッド？」

「マットを自動で動かすことのできるベッド」

「病院で使われているベッド？」

「そう」

二階から下りてきた和哉に「あら」と和歌子さんが驚く。

「よく似てらっしゃるのね」

照れたように頭を下げる和哉。

「わたしには、子供の頃の友一君と今の友一君を比べたら息子さんの方がわたしの知っている子供の頃の友一君に似ているような気がするわ」

「そんなに似てる？」

「雰囲気が似てるかな」

和哉を一瞥して「息子さんがいらっしゃるならすぐにベッドを運びましょう」と介護士の顔になる。

介護のプロ青山和歌子に言われるまま、きずなの会へベッドを取りに行くことになった。和歌子の軽自動車の後を和哉の運転で事務所に向かう。きずなの会の駐車場に1人の男性が立っていた。年末の事務所は休業しているらしく人気《ひとけ》は感じられない。車を降りると男性が「よお」と近づいてきた。見知った人なのかどうかわからなく曖昧に頭を下げた。男性がマスクを外して「オレ、わかる？」と明るく笑う。

声というか、話し方に誰か思いついた。還暦同窓会で会った。「ああ」と声が出た。すると彼は「わかった？」と茶化すように近づきながらマスクをかける。

「その次、名前は？」

「平野正平君」

「せいかい」と手を叩きながら5歩くらいの間隔を開けて立ち止まった。

「同窓会で会ったよね」

「そうなんだけど、オレたちの年になると単語が出てこないじゃん。でもすぐに名前を思い出して、エライぞ、ゆういち」

和歌子にも手を叩かれた。

「あの同窓会の後、正平君はヘルパーになったのよ。今は我がきずなの会のエースヘルパーさんよ」

後頭部をかきながら照れる正平の笑顔がかわいい。

「さあ、昔話が出る前に仕事」

「ベッドはもう車に乗せてあるから」

「あら、手回しがいいのね。山田さん？」

「そう、和歌ちゃんから連絡受けて、ここへ来たら山田君が帰るところだったから手伝ってもらって」

いつの間にか、和歌子がこの平野正平に連絡をしていたらしい。

「じゃすぐに行きましょう」

きりっとした和歌子の声に正平が運転席に向かう。

「正平君、友一君の家、わかるよね」

「あったりまえよ。小学校からの同級生の家なんて、みんな承知してるよ」

和歌子に言われ助手席に乗った。和哉の車に和歌子。二台に分乗して家へ向かった。

「大変なことになったみたいだな」

運転しながら正平が声をかけてくれた。

「ああ、急なことでまごまごしてるよ」

「10日ほど前に病院で和歌子女史に会ったんだって」

「手術の翌日にね」

「聞いてるよ」

和歌子のきずなの会で働いているらしい正平はこちらの事情を知っているようだ。

「正平君のところも、お母さんと奥さんが大変だと、還暦同窓会で聞いたような」

「おふくろは死んだよ。今は妻の介護と利用者さんのヘルパー。和歌子女史のおかげで今はなんとか落ち着いてるよ」

「そうか」

「友一も何とかなるよ。取り越し苦労だけはしない方がいい」

「取り越し苦労？」

「介護に完璧を求めない。被介護者と介護者の良い加減を見つける。夫婦でも親子でもできないことはできない。やれることをやっていて、なにかあれば、それは運命だと思いきること」

良い加減、という言葉の発音が「いいかげん」ではなく「良い加減」とわかった。心がすっと浮いたような気がした。

狭い駐車場にワゴン車がバックで入る。和哉の車は近くの空き地に止めておくことにした。6畳の二間続きの部屋の縁側を開け放す。65歳とはいえ、和哉を含めて3人の男でベッドを運び入れる。便利な機能付きのギャッジベッドの意外な重さに腰が砕けそうになる。

「友一、無理するなよ。肉体労働なんて経験ないだろ」

正平の言葉に怒っていいのか、感謝していいのかわからないまま「わかってる」と答える。縁側にキャスターが乗った。

縁側と部屋との間の障子に寄せたベッドのマットを確認しながら和歌子がこちらを見る。

「布団やシーツは？」

「古い布団なんかがあったけど、全部まとめて二階。俺は家から運んできた布団で寝てるけど。和哉が来ると聞いて買った寝具はあるけど」

「お母さんがここで使っていた布団はないのね」

「捨てるつもりで、二階に放り込んである」

「じゃ、その古い布団を見せて」と階段に向かう和歌子。

元自分の部屋だった。学習机の上に放られたような布団の品定めをする。

「だいぶ、使い込んであるわね。さすが、友一君のお母さん」

さすが、という言葉の真意を測りかねて和歌子の顔を覗き込んだ。

「わたしのイメージだと、友一君のお母さんて、とってもつつましやかな感じだったの。あの頃父兄参観日なんかでお母さんたちが来るじゃない。女の子ってね、結構厳しい品定めをするのよ。足袋なの」

「足袋？」

「洋服のお母さんもいたけど、まだ着物で参観日に来るお母さんもいたじゃない。友一君のお母さんね、着物だったの。昔はふだん履き用の色物の足袋があったじゃない。友一君のお母さんが履いてたえんび色の足袋、親指の先がね、繕ってあったの。細かく丁寧に。うちの親は商売で忙しくて繕うにしても、足が見えなければいいって感じで、ざっくざっく縫うだけだったから。友一君とこって、元々は名古屋でしょ。やっぱり町の人は違うなって思ったの」

自分が生まれる前に、こちらへ疎開してきてそのまま住みついたということは知っていた。屋号ではなく名字で呼ばれる我が家は村の中で異端児らしいということは大きくなるにつれ、わかりかけていた。貧しい生活の中で子供にかけるお金は惜しまなかった母親の破れても繕って履いていた足袋。あの頃は破れたら繕う、割れたものはくっつける。壊れたら直す。そんな時代でもあった。

「おふくろは毎日毎日内職のミシンを踏んでいたから、糸と針はうまかったのかな」

「昔は、みんな物を大事にしてたから、ゴミも少なかったよね。お母さんの生き方を尊重してこの布団は使いましょう。明日午前中だけでもこの布団を干してね」

「わかった」と言いながら和歌子から布団を引き受ける。

階段を下りると、和哉が心配そうに老いた父親から布団を受け取る。

布団をベッドに置いて和歌子が障子を開ける。縁側に置きっぱなしだったミシンが現れた。古いシーツのような大きな布がかぶせられているが、埃まみれだ。

「このミシンを移動させたいけど」

「そうだな。ミシンは邪魔だな」と正平。

「どうして、障子の向こうのミシンが邪魔なんだ?」と素直に聞いた。

「ここでお母さんに寝ててもらうでしょ。おしめ交換や着替えの時にはベッドの両サイドに空間があると作業がしやすいのよ。障子を開ければすぐにその空間ができるの」

和歌子が布団から古びたシーツをはずす。

「こんなこと、ヘルパーの講座では教えてくれなかったよ。和歌子女史の経験からの知恵」

正平が手招きして和哉を呼んでミシンを２人で持ち上げた。

「ミシンはどこに運ぶといいかなあ」

テーブル付きの足踏み式ミシンを和哉と運ぶ正平に俺は思いついた。

「床の間は？」

乱雑な中で床の間だけは埃まみれではあるが空間がある。いくらかの抵抗はあったが、俺も発想の転換をしようと思い切った。

「いいじゃん、そこにしよう」

床の間にでんとかまえている熊の彫り物。父が定年退職した記念に２人で北海道へ旅行した時に買ってきたものだと聞いている。熊の彫り物を床の間の隅に追いやり、ミシンを置く。

「なかなかいいじゃん。シンガーミシンの貫禄がある」

正平が満足げに笑う。

母が何十年も踏み続けたシンガーミシンが床の間で「自分の功績はどんなもんだ」

と威張っているように見える。母が一日中このミシンを踏んでくれたおかげで高校や大学に行かせてもらえることができたのだ。

「友一君、シーツはない？　もらい物かなんかで」

「シーツやらタオルみたいなのが入ったような箱はたくさんあったけど、捨てたよ。本当に古そうだったから。必要なら買ってくるよ」

「今からユーモールに行こうか」

正平の提案に和歌子が大きく頷く。

「正平君、今日のシフトは？」

「オレ、今日はうちシフトが5時から」

と言う正平に和歌子がにっこり笑う。

「じゃそれまではフリーね」

「まあね」

「うちシフトって？」

「うちのかみさんの介護」

「時間制限で介護してるのか？」

「そうだよ。決めた時間に食事と排泄の世話を訪問ヘルパーと分けている。基本、朝と夜はオレの当番、排泄の世話と朝食、洗濯してオレはヘルパーとして利用者さんの家へ訪問、昼は11時半から2時まで訪問ヘルパーさんの世話になる。排泄と食事、そして介護保険でない部分のサービスで車いすで散歩や話し相手になってもらう。家を出てから、オレは家には夕方までは帰らないことが多い」

「さっぱりしてるな。そんなことで回っていくのか？」

「さっぱりしているから回ってるんだよ」

「今からユーモールに行って買い物。転院までの5日間だけでなく、その後のことも少し考えて必要なものを用意しましょう」

「買い物に付き合ってくれるの？　ありがたい。サービス料金は払うから」

「ほんとに、友一って、まじめだよな」

正平の声と「ほんと」という和歌子の声が重なり顔を見合わせて笑った。

「俺、なんか変？」

「こんな時オレなら、サンキュウって相手を拝んで終わるけどな」

大仰に手をすり合わせる正平に、やっと気がついた。

「同級生のよしみということで、ありがとう」

正平と和歌子はワゴンで、俺は和哉の運転でいったんきずなの会まで行き、そこから和哉の運転する車に2人は乗った。ユーモールという市内で一番大きいというショッピングモールへ向かう。年末のショッピングモールの賑わいでほぼ満車状態の駐車場でやっと一台分の空きを見つけた。

「一台で来て正解だったね」という和哉の言葉に「ほんと、ほんと」と正平。

「まずは寝具売り場で、冬のシーツとパジャマの類を探しましょう」

入り口に設置された消毒用アルコールをこすり、消毒用アルコールを追加して指と指の間まで念入りにこする2人を真似てみる。

「和哉、食料を適当に調達してくれないか。今から約1週間分の食料。正月らしいものがあったら適当に」

「わかった」

「和哉さん、追加でお願い。消毒用アルコール、たぶん洗剤売り場のあたりにあると思うから」

「はい。わかりました」

和哉が食料と日用品売り場に向かう。

「さっき家を見させてもらったけど、洗面台に石鹸はあったけれど、消毒用アルコールはなかったよね。マスクの大箱も見つけたわ」

一通り家の中を歩いただけなのに、見るべきは見ている和歌子は正平のいう「和歌子女史」だ。

3人で3階の寝具売り場へとエスカレーターに乗った。コロナ禍だというのにエスカレーターに乗るにも行列だ。和歌子と正平が2人並んでエスカレーターに乗る。そのすぐ後ろに高校生くらいかと思われる女性の2人連れが割り込む形で入ってきた。そのまま立っていると前の薄いピンクの帽子をかぶった女性の声が聞こえた。マスク越しの声はよく聞き取れないが、歌を口ずさんでいるように聞こえてきた。聞き耳を立ててると「もういくつねると　おしょうがつ」と歌っている。するともう1人のクルミ色の髪をカールさせた女性も歌いだした。

「おしょうがつには　たこあげて　こまをまわして」

若い歌声に65歳のじいさんは、自分が子供の頃、和哉が幼かった頃に心が引き戻され、嬉しくなってくる。今でもこんな歌が歌われていると思うとまた違う喜びも湧き上がってきた。

最初に歌い始めたピンクの帽子の女性が歌うのをやめた。

「たこのからあげ、っておいしいよね。わたし大好き」

「うん、おいしいよね。わたしも食べたくなっちゃった」

頭の中が「？？？」になった。この人たちは掛詞の冗談のつもりなのか、本心で「爪揚げて」を「蛸揚げて」と、歌っているのか。

女性たちはそのまま4階へ向かった。2人の会話を背中で聞いていた和歌子が3階の床を歩き始めて噴き出す。正平も大口を開けて笑う。

「今の子って、おもしろい」

「なんだよ、あれ」

「どっちなんだよ、冗談？　まじめ？」

「でもさあ、爪を揚げたり、こまを回したり、というよりも蛸のから揚げを食べながらこまを回しても、いいじゃん。ぶつ切りの蛸じゃなくて、一本を丸揚げしたのをしゃぶりながらこまを回す。うまそうじゃん」

正平の解釈も面白い。

彼女たちが正平の言うような光景を思いながら歌っていたかどうかは、わからない。今まで生活の中で交錯してこなかった65歳の同級生が同じものを見て、聞いて、笑う、というきっかけをくれた。同じ笑いを抱えて笑う人がそばにいることの幸福感のようなものを味あわせてくれた。

和歌子の勧めるシーツや枕を籠に入れる。寝巻売り場で「お母さんは、いつもどんなパジャマを着ていたか、わかる？」

和歌子に聞かれても頭の中は真っ白だ。佳子なら何かを思いつくかもしれない。

「むり、無理だよ。65歳の男が88歳の母親の寝巻なんて関心ないもん。真っ赤なパジャマでもピンクのネグリジェでもわからないと思うよ」

正平の言葉に大きく頷く。

「じゃ、ヘルパーとして無難なのを選んでいい？」

念を押す和歌子に「お願いします」と頭を下げる。

パジャマ3着とその上にはおるものは退院する時にもはおることのできるものを選んだという。靴下と手袋、バスタオル、フェイスタオルなどを購入。会計をしていると和歌子が「今度は雑貨売り場ね。最後に紙おしめと紙パンツ」と言う。

「雑貨売り場？」

「湯たんぽ、ないでしょ。それと手袋」

「たぶん、ない。あっても探せない。手袋って？」

「コロナ禍でなくてもヘルパーには必需品」

「母親の排泄したものを素手で触れるほど親孝行なら使い捨てのビニール手袋は要らないよ」

正平に顔を覗き込まれ、「ああ」と思う。

「それから防寒用の手袋も。お母さんが冷え性なのかどうかはわからないけれど、こんな冬には湯たんぽと靴下履いて防寒用の手袋をするといくらかはあったかくなるから。手袋は嫌がる人、けっこういるけどね」

「パジャマの裾は靴下で止める」

正平があたりまえのように言って、にやりと笑う。

介護の実際というものを、何も考えていなかった自分がわかった。

翌日2時の約束で病院へ向かう。きずなの会から車いす対応の車を借りることになった。車いすを車に乗せてストッパーをかける方法を和哉と2人で教えてもらう。2人とも実際にやってみた。自信はないが、和哉と2人なら何とかなるだろう。義弟の孝彦に退院を知らせると病院に来るという。正平の「オレも行こうか」という申し出を断った。88歳の年寄りの退院に若くない男3人と中年の男で行くのも気が引ける。和歌子は2時までヘルパーの仕事が入っているから家で待機していてくれるという。

退院の手続きを終えると病室の廊下の奥から車いすで母がやってきた。ギブスが取れた右足も曲げていることにほっとする。手術後、ストレッチャーに乗った母だった。

3年前よりも痩せて、顔の頬もこけ、やつれ果てたような母親にあらためて唖然とする。

　孝彦を見るなり「ああ、孝彦さん、来てくれて」とほほ笑む母にほっとする。そのまま孝彦が車いすのハンドルを看護師から受け取った。もう1人の看護師から病院に運ばれたときに着ていた衣類と病院で使用した紙おしめの残りを入れた袋を渡された。

　こちらを見て母が孝彦に「どなた」と、揺らいだ目を向けた。

「お義母さん、友一君と和哉君ですよ」

　実の息子が義弟に母親を紹介される。情けない。情けなさ過ぎる。

　こちらを見る目がぼやけている。そして何かを見つけたように視線が定まる。

「ゆういち。ゆういち」

　母の視線は俺ではなく、和哉に向けられている。自分のことを呼んでいると悟った和哉が母に近づく。

「ゆういち、来てくれて、ありがと。ありがとね」

　和哉にとっても思い出の中のおばあちゃんとは違う祖母にちがいない。手を握られて戸惑っている和哉を見て、孝彦が耳元で囁く。

「お義母さん、和哉君を義兄さんだと勘違いしてる」

「俺が友一だよ」と言おうと一歩前に出た俺の腕を孝彦に引っ張られた。

「そのうちにわかると思うから、このまま行きましょう」

孝彦のささやきを聞き取った和哉が母に「じゃ、家へ帰ろう」と声をかけると「久しぶりだねえ」とうれしそうな母を黙って見ていた。

車いすを押す娘婿の孝彦、横に付き添う孫の和哉、３人の後を実の息子は風呂敷包みを抱えて遅れ気味に歩く。

車いすのまま乗せると母が不安げに「ゆういち」と和哉を呼ぶ。「車いすからだと前方が見にくくなって、嫌がる人が多いから、よーく説明してあげてね」という和歌子の言葉に納得する。

「僕が後ろに乗れば少しは安心するかな」

和哉に孝彦が交通違反にならないかと心配する。

「警察に見つかったらその時だ。俺が運転するから和哉は後ろに乗ってくれるか」

「わかった」と和哉はそのまま車いすのそばに付き添うことにした。頭がつかえてしまう。和哉はその場で胡坐をかいた。

息子だと信じている孫の手を両手で握りしめて、運転手を睨む母は俺のことを運転手くらいに思っているのだろう。

孝彦の車が先に着いていた。３人がかりで車いすの母を降ろす。病院で偶然再会した時と同じ緑色のかっぽう着姿の和歌子が歩いてきた。向こうの空き地で車を止めたらしい。

「お帰りなさい」と笑顔を母に向けた。

笑顔の主が誰かわからないはずなのに、母が戸惑いながら少しだけ微笑む。

「わたし、ヘルパーのわ・か・こ、と言います。病院の看護師さんから頼まれてふみさんのお手伝いに来ました。よろしくお願いしますね」

さすがだと、思う。和歌子に対する母の警戒心はとけた。

「看護師さんのお友だちね」

「はい」

にっこり微笑みながら、和哉から車いすのハンドルを受け取る。車いすを乗せるために架けられたスロープ板の横に正平が立っていた。

「和哉君、見ててね。これからはこうして車いすで家の出入りはすることになるから」

和歌子に言われて「はい」と律儀な返事をする和哉が頼もしい。

車いすからベッドへの移動も楽々と終わらせた。

「抱き上げようとしないで、本人に立ってもらうように支えて、お尻をベッドに置く。

介護者も被介護者も楽なの」

「男2人なら力ずくでも移動はできると思うけど、本人がつらいのよ」

いつの間にか母はベッドで横になっていた。

「ふみさん、今日は疲れたでしょう。しばらくお休みになってくださいね」

「ありがとうね。そうなの、今日は疲れたわ。朝から退院の支度で大変だったから」

掛け布団をかけて肩のあたりを両手で押さえながらヘルパーの和歌子さんが「おやすみなさい」と声をかけると、母は静かに目を閉じた。

「さすがだね。魔法にかかったみたいに寝ちゃった」

そのままみんな部屋を出たが、息子であることを忘れられた長男は母の顔を見ていた。本当に疲れていたらしく、小さな寝息が聞こえる。老いてやつれた母の寝顔に自分の知っている母親の面影は薄い。ふとミシンが目に入った。母親の顔と床の間のミシンが並んで見えた。妻が趣味で踏むミシンは白く寸胴の形をしている。母のテーブル付きシンガーミシンは真っ黒で胴がくびれている。黒い胴に金色の文字で書かれたミシンの名前。子供の頃英語らしい文字の読み方を父に聞いたことがある。シンガーと読むこととシンガーミシンが世界で初めてのミシンだと教えてくれた。世界で初めてというミシンを母親が毎日使っていることが妙に誇らしく思えた。このミシンで母はいつ頃まで内職をしていたのだろうか。少なくとも妹が大学を卒業するまでは踏み続けていたはずだ。いや、妹が結婚するまでか、孫が生まれるまでか。母がこのミシンを踏んでいたから何の財産もない一介の銀行員の子供が私立の高校へ行き、東京の大学へ行くことができた。あの時代に妹がピアノを習うことができたのもこのミシンのおかげだ。ミシンを踏みながら母は子供にどんな夢を見ていたのか。妹の由美子もこの自分もおそらく父や母が子供に託した夢を裏切っている。

しかし、由美子の結婚相手には恵まれたと言おうか。妻が亡くなって10年以上も過ぎるのに義母として気にかけてくれている。長男の妻は顔を出すこともできない。

埃まみれのミシンを明日にでもきれいにしようと思う。

居間へ行くとみんな立ちっぱなしだった。買い物のついでに買ったペットボトルのお茶を一本ずつ「こんなのしかないけど」と配った。

「ほんと、よかったよ。おふくろさんがオレたちのことを警戒したら、ちょっとなあと思ってたけど。友一のおふくろさんって、人がいいんだよな」

正平の言葉にペットボトルの蓋を開けながら、和歌子が言う。

「入院中の看護師さんたちがよかったんじゃない？」

「看護師さんが？」

「入院中、自分のことをわかってくれてると思えたから、知らない人でも安心して頼れると思えていいるんじゃない」

「そうかあ」と頷くしかない。

「友一君、考えてみて。突然の転倒で動けなくなって、救急車で病院へ運ばれた。そして手術、麻酔から覚めても家族や知った人は誰もいないのよ。誰も見舞いに来ない。会ったこともないような人たちに検査やら、何やらで体をひねくり回される。人間不信になっても不思議はないの。でも、ちょっとした声かけや、手の感触で少しずつ不安が収まっていくの。白衣という制服のようなものは信じられるかもしれないって」

母親がこの10日間あまりで、経験したことを思いやったことのない自分に気がついた。退院したら、何をすればいい。何ができるか。すべきことは何か。息子としての義務を果たさなければという思いだけが膨らみ、母のことを思いやるということができていなかった。

「これからだよ。ちょっとずつ、やれることをやればいい。できないことはケアマネージャーに相談してヘルパーを頼りにすればいい。ひとりでできることはほんとに少ないんだよ」

正平の言葉にうなだれる。

「おふくろさん、目が覚めたら紙おしめの交換」

覚悟はしていたが、実際に母親の下の世話を具体的に考えてはいなかった。

「今日はプレ・ヘルパー講座だと思って、覚悟するんだな」

正平が一口飲んだペットボトルの蓋を閉めて、マスクをかける。

「ところで、ひとつ聞いてもいいか」

「いいよ」

「友一って、奥さんはいるの？」

やっぱり、そう来た。こんな時は普通は夫婦で見舞いに来るというか、世話をしに来るのだろう。役に立たない老境に入った息子が１人で母親の介護をする。独身か、と聞きたくなる気持ちはあたりまえだ。

「いるよ」

和歌子と正平が顔を見合わせる。

「妻のおふくろさんが倒れて、介護する人がいないから山梨の実家へ行っている。コロナ禍で頻繁に行き来することができないから、向こうでＳＴＡＹ　ＨＯＭＥ中」

「ほう、そうか。そんなこともあるんだな」

正平が唇をすぼめて頷く。

「そうだよね。今はそんな時代かもね」

そんな時代かどうか、わからない。現実的には我々夫婦はこうなるべくしてなった、と受け止めている。これ以上の選択を考えることはできなかった。

「昔は、「□」つきの家というのがあったじゃない。わたしたちの親ってその最後の世代かもね。家には家事一切を切り盛りする女、姑と嫁がいて、男は外で稼いでくる。炊事洗濯掃除、全部女がやってたの。子育ても年寄りの世話、病人の介抱、障がいのある家族がいたらその世話も全部家の中でほぼ完結していた。それで家も社会も回っていたのよ。でも女性の解放が叫ばれて、女はそんな家事一切から解放されようとした。前近代的な「□」付き家の崩壊。炊事洗濯掃除は機械や社会の変化で、何とかなるようになった。家族にかかわることも保育園と学校、病院、施設などのお世話になるようになったの。最後まで家に残っていた高齢者のお世話をするために「介護保険」が生まれた」

和歌子の言葉が心の底にしみわたる。

「オレんとこは、嫁が姑の世話をして、その前近代的な家でなんとか回っていたんだけど、その嫁が倒れたんだよ。これって、天地がひっくり返る事態だったよ」

正平の言葉にも大きく頷く。

「でもね、まだまだ介護は家族の仕事的な発想が根強く残っているような気がする。誰でもいつか少なからず誰かのお世話にならなければ終わりに向かうことはできないのよ。言いかえれば、最後を穏やかに過ごせるようなお世話をするのが介護の仕事だと思う。そのためには今、日本の介護の世界はマンパワーが足りないのよ。そのマンパワーを補うのが若年高齢者なんだと思う」

「若年高齢者？」

聞き慣れない言葉に戸惑う。

「65歳から高齢者、75歳から後期高齢者、なんだけど、60歳から80歳くらいまでは若年高齢者として、老人福祉の世界で活躍してもらう。これって、わたし流福祉政策なんだけど。母親と倒れた妻の介護、そして他人様の介護を両立させている正平君はわたしの理想的な若年高齢者よ」

いたずらを楽しんでいるような和歌子に正平が照れる。

「和歌子女史の陰謀にはまったわけよ。オレ」

照れる正平がペットボトルのキャップをひねる。

「80になるまで15年。しかない。もある。友一はどっちだと思う」

正平がペットボトルのお茶を一口飲む。

定年になって、再雇用の道を敢えて選ばなかった。何時までも健康でありたいと加入したスポーツクラブに通う毎日に不満はなかった。それから5年、親の介護のために別居というできごとを想定外と受け止めた自分の見通しの甘さを痛感している。お互いに80過ぎの親がいるという事実を黙認していた狡さ。コロナという感染症は世界中の人々にとって想定外の大事件だ。和歌子の言う「誰でも最後は人の世話にならなければ終わりに向かうことはできない」ということを何とかなる、何とかなって欲しいと狡く構えていた。

「和哉君、チルって言葉知ってる？」

突然の和歌子の質問に和哉は首をかしげたままだ。

「この頃若い人たちの間で使われているとか。ちなみちゃんが、ちなみちゃんはね、22歳のヘルパーさんなの。わたしがダブルブッキングして焦ってた時にちなみちゃんがね、和歌子さん、ちるちる行きましょう、って」

「どういう意味？」

正平の疑問は皆の疑問だった。

「ダウンテンポのゆったりした曲のことをチルって、言うとかで、ちなみちゃんは、焦らなくてもゆったり行きましょう、という意味でちるちる行きましょうってわたし